TSJIP · DE LEEUWENTEMMER

Salamander Klassiek

WILLEM ELSSCHOT

TSJIP · DE

LEEUWENTEMMER

MET EEN NAWOORD VAN VIC VAN DE REIJT

Athenaeum—Polak & Van Gennep
Amsterdam 2001

Athenaeum—Polak & Van Gennep is een imprint van Em.
Querido's Uitgeverij BV, Amsterdam.

Eerste druk *Tsjip*, 1934; eerste druk *De leeuwentemmer*, 1940;
opgenomen in *Verzameld werk* (1957); gezamenlijk herdrukt
als Salamander, 1991, 2001

ISBN 90 253 1139 3 / NUGI 300
www.boekboek.nl

Tsjip

Aan mijn kleinzoon Jan Maniewski

OPDRACHT

Voor de zóveelste maal kom ik thuis van de reis en weer staat mijn stoel gereed, tafel en bed gedekt, pantoffels bij 't vuur, alsof ik iedere dag verwacht werd. Mijn kinderen hebben heel gewoon 'Pa' gezegd en mijn vrouw heeft gevraagd wat ik verkoos, lever of haring. Ik heb niet geantwoord omdat ik de moed niet had mijn eigen stem aan te horen, heb de hand uitgestoken naar wat het dichtst bij stond en zwijgend mijn maag gevuld. Hun gerustheid, hun zekerheid dat ik ook ditmaal terugkeren zou heeft mij beschaamd en diep gegriefd. Maar was ik aan 't bulderen gegaan dan had er niets op over geschoten dan met weerzin weer op te staan. En het trekken lokt mij niet meer.

Ben ik vermoeid of kan ik het licht van gindse land niet meer verdragen? Ik voel in ieder geval dat van een volgende tocht niets meer terecht komt. En zo is het goed ook, want mij rest nog maar net de tijd om eindelijk met vrouw en kinderen wat mee te leven, mij te koesteren aan de warmte van de haard en te werken voor onze oude dag die voor de deur staat. Zolang ik ginder dwaalde heb ik mijn kinderen niet opgevoed maar met hen gespeeld, voor mijn vrouw niet gezorgd maar van haar genoten.

Die meimaandjes zijn nu voorbij. Hier bij 't vuur, in onze kooklucht, komt het er op aan mijn plicht te doen als een doodgewoon mannetje dat ik tenslotte ben. Want hun ogen zijn op mij gericht. Doet mijn vrouw haar plicht niet als zij wast en plast, als zij op griezelige regendagen op de vismarkt loopt te dwalen zonder acht te slaan op haar aderspatten noch op haar slechte stoelgang? Doen niet die kinderen eveneens hun plicht wanneer ze achter schoolmuren hun zonnigste dagen slijten?

Dit is mijn laatste kans want zij groeien als kool en steken de koppen bijeen. Een heeft al een snor en een ouwelijke trek om de mond. Als ik mij nu niet aanpas word ik uitgestoten door mijn eigen broed want zij zien in mijn dolen een verraad en scharen zich zwijgend om hun moeder. En zij hebben gelijk. Als ooit het huis vuur vat dan worden zij door haar gewekt en niet door mij.

Trouwens, ginder ver is geen plaats voor kerels met een schorre stem, die weten hoe 't in 't leven gaat. Ook dáár voelt zo een zich ten slotte verlaten. Ook dáár is men eindelijk nog slechts een vieze vlek in een onbezoedeld landschap, een hoopje vuil in de feestzaal. En zal ik niet geruster bij de haard zitten stinken dan in dat paradijs?

Ik heb dus mijn taak als razend aangepakt, mijn ridderorde weer opgestoken en mijn zaken gedreven als een die nooit dat land heeft bereisd. Ik schreef mijn rekeningen met vaste hand, groette al wie mij groette, had een minzaam woord voor vriend en vijand en liet mijn schuldenaars afmaken door een deurwaarder, zoals het hoort. Tot ik op een heilloze dag dat mormel van een kleinzoon in huis gewaar werd, die met zijn gekraai en zijn blote billen aan ons rotten een eind heeft gemaakt.

Toen heb ik mezelf betrapt bij 't sluipen naar de zolder waar ik mijn staf heb opgezocht in stof en spinrag. En nu zullen mijn klanten wachten en niets zien komen. Die nog niet betaald hebben kunnen stikken in mijn geld. Ik heb eerst met de keel een toonladder geschraapt en dan met zijn kraaien ingestemd. En mijn benen jeuken. Kom, jongen, vooruit is de weg.

Mogen vrouw en kinderen mij vergeven dat ik hen een laatste maal verloochen voor die vermaledijde heerlijkheid waar een gouden vogel jubelt, véél hoger dan de leeuwerik.

I

Ik herinner mij niet precies meer hoe en wanneer de vreemdeling in huis gekomen is, maar hij loopt hier nu voortdurend rond. Zeker heb ik zijn aanwezigheid in 't begin niet opgemerkt en zat hij boven als ik beneden was. Nu echter ontmoet ik hem op de trap, bots in de gang tegen hem aan en zit tegenover hem aan tafel, want hij eet nu ook mee. Mijn oudste dochter, die hem in huis heeft gehaald, zit naast hem. Zij zijn beiden op de Handelsschool en ik geloof dat hij in 't begin kwam om met haar te blokken. Hij was zwak in de Franse taal en zij in Staathuishoudkunde en zij zouden trachten elkander te helpen. Ik heb toen tenminste zo iets gehoord.

Het is een lange, beleefde Pool die zijn hakken tegen elkander klapt bij 't begroeten en die bij 't komen en 't heengaan mijn vrouw een handkusje geeft. Zo ongeveer drukten wij, als jongens, de lippen op het heilig sacrament. Ik heb haar al eens gevraagd of Bennek, want dat is zijn voornaam, haar hand werkelijk kust en zij zegt dat het tussen kussen en niet kussen in is: aanraken zonder nat te maken.

Mijn gesprekken met hem lopen steeds over 't zelfde: het studeren aan de Handelsschool en de Europese politiek, vooral in en rond Polen. Ik zou goed doen daar wat meer over te lezen want ik val nog al eens stil en kan dan soms, met de beste wil, niet opnieuw demarreren. Maar tussen ons in, als een dreigend vraagteken, staat die dochter. Over haar wordt niet gerept, maar alleen aan haar denken wij beiden. En als ik hem zijn mening vraag over de Poolse corridor dwars door Duitsland, dan verwacht ik dat hij eindelijk zeggen zal 'ja, ik bemin Adele en verlang met haar te trouwen'.

Van haar kant houdt mijn vrouw hem in 't oog en ik ondervind ieder ogenblik dat zij alles opmerkt wat mij ontsnapt.

Zij kent zijn schoenen en dassen als had zij ze zelf gekocht, ziet direct dat hij zijn hoed nieuw heeft laten wassen en weet 's avonds precies wat hij verteld heeft, al kent zij maar weinig Frans. Zodra hij de deur uit is begint zij zijn hele conversatie te ontleden en Adele is het meestal met haar eens, want zij is geheel en al haar moeder, maar dan in 't jong.

Ik meng mij liever niet in die gedachtenwisselingen, want wat schiet je daar mee op? Hoe kan nu iemand weten wat zo'n Pool in zijn schild voert? Onze eigen Vlaamse jongens zijn immers niet te betrouwen? Dat heb je af te wachten. Ik word echter voor mijn afzijdigheid niet beloond, want af en toe hoor ik mijn vrouw iets aan Adele zeggen, wel zachtjes, maar toch altijd luid genoeg om door mij verstaan te worden.

'Een andere man zou hem al lang eens aangesproken hebben, maar jouw vader heeft andere bezigheden.'

Net alsof ik er in de stad een paar jonge meiden op nahoud.

Ik begrijp echter dat zij van mij verwacht dat ik de kat de bel zal aanbinden en onze Pool beleefd, maar onomwonden vragen wat hij nu met onze dochter van plan is.

Stel je voor: die nette jongen in een hoek en ik vlak voor hem geposteerd en na al dat debatteren over Pilsudski en Danzig nu ineens vragen 'apropos, en Adele, kerel?'

Bij de gedachte alleen schaam ik mij dood. Trouwens, mijn vrouw kan dat even goed als ik. Beter zelfs, want die heeft het nooit over hoge politiek met hem gehad maar wel meer dan eens zijn pantalons geperst en opgestreken. En ik vind het onrechtvaardig en onverdiend dat ik zo tegen hem word opgejaagd terwijl zijzelf als van suiker is maar geen bek open doet over die levenskwestie.

Met dat al voel ik mij thuis minder op mijn gemak dan voor zijn komst. Ik liep in de huiselijke kring gaarne in mijn hemdsmouwen, zonder boord of das, zoals men in sloppen doet op hete zomerdagen, en zat 's winters met mijn voeten boven op onze vulkachel. Een lange stenen pijp, onze hond boven op mij en dan niet eens antwoorden als mij iets gevraagd werd. Het krakelen van mijn kinderen, de commando's van mijn vrouw, de radio en 't gestommel in de keuken smelten samen tot één geruis als van de zee.

Dat alles gaat niet meer sedert hij in huis is. Ik moet mij met hem bezighouden want hij mag de indruk niet krijgen dat het hier een nonchalante, ordeloze boel is, anders zou het prestige van Adele er onder lijden.

Mijn kinderen noemen hem eenvoudig Bennek. Zij schijnen hem definitief als lid van onze broederschap te hebben aangenomen, buiten mij om. Walter is óók student en slechts een jaar jonger dan hij. Zij hebben het over hun respectieve universiteiten en snijden op met hun zwaarste cursussen. Bennek schermt met cognossementen, charterpartijen en handelsrecht terwijl Walter zijn tegenstander doet gruwen met opengelegde hersenpannen en met lillende harten die blijven kloppen terwijl men ze in de hand houdt.

Jan, die pas zestien is, beschouwt onze Pool in de eerste plaats als een lengtemaat. Een soort standaard, waar hij leraars, familie en vrienden aan toetst. Die komt tot aan Bennek zijn neus, die andere tot aan zijn schouder. Als je hem op de straat iemand aanwijst die langer is dan onze Pool, dan zet hij een gezicht als een die in zijn geloof gekrenkt wordt.

Ikzelf noem hem nog steeds mijnheer, al wordt het met de dag lastiger. Maar ik kan toch onmogelijk de eerste stap doen en hem Adele zo maar voor de voeten gooien. Als hoofd van 't gezin mag ik niet weten dat het hem om mijn dochter te doen is, zo lang hij geen spontane verklaring heeft afgelegd. Mocht die echter komen, dan gaan nog dezelfde avond mijn voeten de kachel weer op en dan zal ik mijn dutje weer doen al was heel Warschau die morgen opgeblazen.

Dat Poolse raadsel wacht nu al bijna een jaar op een

oplosssing en 't ergste van al is wel dat hij en Adele over drie maanden afgestudeerd zijn. Hij pakt dan zeker zijn biezen en keert naar Polen terug. Ja, wat anders kan hij doen? Hier is voor een vreemdeling op 't ogenblik geen werk te vinden. Ik heb voorzichtig aan mijn vrouw gevraagd of zij gelooft dat hij nog terug komt, maar zij heeft mij iets toegesnauwd waar lafaard in voorkwam.

II

Het vuur wordt mij zó na aan de schenen gelegd dat ik onze Pool ten slotte tóch te lijf zal moeten, hoezeer het mij ook tegen staat. Dat leid ik tenminste af uit een bezoek van mijn schoonvader.

Je moet weten dat de regering voor een paar weken besloten heeft voor zevenhonderd vijftig miljoen nieuwe forten aan de Duitse grens op te richten en nu hebben de ouders van mijn vrouw, die ieder vierentachtig zijn, bericht gekregen van het ministerie dat zij voortaan hun ouderdomspensioen niet meer zullen trekken omdat hun inkomen te groot is. Dat inkomen bestaat uit een werkmanswoning waarin zijzelf beneden huizen, terwijl zij de rest verhuren tegen tweehonderd frank in de maand. Van die tweehonderd frank moeten zij voortaan dus leven, want op hun pensioentje wordt voor die forten beslag gelegd. De oude, die pas twee jaar rentenier na zeventig jaar gewerkt te hebben, is vanavond op bezoek gekomen om mij te raadplegen want hij heeft een onbegrensd vertrouwen in mijn schranderheid omdat ik op een kantoor ben, terwijl hij 't nooit verder heeft gebracht dan tot timmermansknecht.

Eerst toonde hij mij een strooibiljet van een bioscoop dat ze hem onderweg in de hand hadden gestopt, vond eindelijk het ministerieel formulier dat zijn levensader afsneed en vroeg wat hij doen moest.

Daar hij te oud is om bommen te gooien, gaf ik hem de raad zijn krot te verkopen en 't geld op te zuipen. Hij krijgt zijn pensioen dan zeker terug. Maar hij is koppig en wil 't genoegen niet verzaken te sterven in het huis waar hij zeventig jaar voor gewerkt heeft. En ik durf hem niet zeggen dat dat net zo goed hier bij ons zou gaan.

'Je weet, Frans, dat ik vier jaar soldaat ben geweest en dat ik in achttienhonderd zeventig aan de grens heb gestaan. Zou dat niet kunnen helpen?'

In zijn kinderlijke eenvoud gelooft hij nog steeds in diensten die meer dan een halve eeuw geleden bewezen werden.

En toen ik zei dat niets kon baten, niets anders dan opstand en geweld:

''t Is jammer dat wij in zeventig niet gevochten hebben, want ik geloof dat de decoraties van de nieuwe oorlog veel beter zijn dan de onze.'

Door de onze bedoelt hij de zijne en die van een vijftigtal oude maats die in 't hele land nog in leven zijn.

'Wat zou je er van denken, Frans, indien ik eens tot bij de burgemeester ging?'

'Zeker, vader. En neem moeder mee. Zij moet maar hard schreeuwen en jij moet met je vuist op zijn tafel slaan, of op zijn gezicht.'

En hem gelijk gevend kreeg ik hem tot aan de straatdeur, toen hij zich plotseling op zijn kromme pikkels omkeerde. Die poortjesbenen, waar mijn kinderen als kleuters tussen door kropen, zijn hem bijgebleven uit zijn vierjarige diensttijd bij de bereden artillerie.

Hij bleef staan op de rand van de stoep, met de rug naar de afgrond van de straat toe en keek mij aan met zijn trouwe, waterige blik. Zeker een laatste consult in zake dat pensioen.

'En hoe zit dat nu met die student, Frans?'

Hier viel niet te schipperen.

'Hij blijft komen, vader,' zei ik toch nog even.

'Dat weet ik,' antwoordde hij. 'Ik weet alles. Maar ik vind, Frans, dat je hem moet aanspreken. Zal je het doen?'

't Klonk als zijn laatste wil. En hoe kon ik weerstaan aan iemand die zó zijn eigen leed vergat ten bate van mijn dochter?

'Ik zal het doen, vader.'

Hij stak mij zijn hand toe, keerde zich om, krabbelde de stoep af en verdween in de mist.

III

Toen ik daags na dat bezoek mijn kantoor verliet, piekerend over een aanvalsplan, stond de Pool mij op te wachten. Zo lang en bleek sloeg hij in 't halfduister geen schitterend figuur.

Hij bracht mij zijn gebruikelijk haksaluut en vroeg of hij mij spreken kon. Ik nodigde hem uit een eindje met mij mee te lopen, want ik krijg niet gaarne kwestie voor onze kantoordeur. En toen ik om de hoek op een donkere plek halt maakte verklaarde hij plotseling dat hij niet langer als gewoon kameraad van Adele bij ons aan huis kon komen omdat hij haar bemint en eerst wil weten of ik er in toestemmen zou dat hij met haar trouwt. Was het niet alsof hij lucht gekregen had van mijn nakend ingrijpen?

Zijn vraag riep mij dadelijk onze kachel en mijn oude pantoffels voor de geest en ik stond op het punt hoera te schreeuwen en hem om de hals te vliegen, toen ik bedacht dat al te veel geestdrift hier niet paste. Hij kon dan wel eens de indruk krijgen dat hij bedrogen was, zoals een koper wiens eerste bod op de markt al te plotseling geaccepteerd wordt.

'Mijnheer,' zei ik dus, 'ik zal er met mijn dochter en mijn vrouw over spreken.'

Hij klapte zijn hakken tegen elkander als om te zeggen

'zoals u verkiest', nam zijn hoed af en sloeg een zijstraat in.

Ik vind dat hij met zijn verklaring nogal laat komt. Waarom heeft hij dat geen jaar vroeger gezegd. Maar over zes weken vertrekt hij naar zijn vaderland waar niemand hem achterhaalt, en nu wil hij ons nog gauw even doen toestemmen in een huwelijk dat tóch niet meer voltrokken kan worden. Ik kan mijzelf niet ontveinzen dat zijn houding verdacht is en zou geen cent meer op een goede afloop durven verwedden. Maar wij moeten eieren voor ons geld kiezen, want dat postume aanzoek is toch nog beter dan helemaal geen. Immers, ik weet zeker dat mijn familie op zijn vertrek zit te geilen en dat zij daags nadien op bezoek komen om zich in 't schouwspel van Adele te verlustigen. En dan kunnen wij tenminste van haar verloofde spreken en niet van Jan, Piet of Klaas. Wat is dat vreemde gevoel dat zich van mij meester maakt? Ik ben anders niet moordlustig van aard. Kalm blijven en afwachten.

Ik trof mijn vrouw, als een equilibriste, boven op een ladder aan, bezig de hoeklampen uit het plafond los te schroeven. De voorbode van een grote schoonmaak.

'Kom eens van die ladder,' verzocht ik haar, want ik vreesde dat een spontaan relaas haar in de diepte zou doen storten.

Zij draaide behoedzaam door, alsof ik niet bestond, en toen haar lamp los was kwam zij naar beneden, legde ze op de tafel, pakte de ladder beet en slingerde die met een woeste zwaai naar een tweede hoek van de kamer toe, rakelings mijn schenen langs.

Ik zei nu maar dat de vreemdeling de hand van Adele gevraagd had en dat ik wilde weten of zij in dat huwelijk toestemde.

Het pakte haar zó dat zij ging zitten en toen moest ik van 't gebeurde verslag geven tot op de draad.

'En wat heb je geantwoord?'

'Dat ik er met jou en Adele moest over spreken.'

Zij kijkt naar de grond en denkt intens. Zó moet op Buitenlandse Zaken nagedacht worden als er oorlog dreigt.

'Heb je niet gevraagd waarom hij met zijn aanzoek gewacht heeft tot hij gereed stond om er hier uit te trekken?'

Neen, dat had ik niet gevraagd.

'Heb je dan niet gevraagd...'

Zij gaat niet verder. Zeker begrijpt zij dat ik niets gevraagd heb, helemaal niets. Dat ik te vodachtig ben om in zo'n geval wat te vragen.

Ik stop een pijp maar voel mij niet op mijn gemak als ik haar de rug toekeer om ze op te steken.

'Een rare manier van doen,' klinkt het achter mij.

'Benneks vader behoorde jou te schrijven om Adele officieel te vragen, dat zeg ik. Vind jij dat soms niet?'

Ja, dat vind ik nu ook, al heb ik haar indertijd helemaal niet gevraagd, maar 't is beter daar niet van te gewagen, want mijn eigen tekortkomingen kunnen het gedrag van onze Pool evenmin goedpleiten als een dief er mede gebaat is dat zijn rechter zelf gestolen heeft.

Ze zinkt weer weg en de stemming wordt zo drukkend dat ik uit eigen beweging bevestig:

'Zeker, kind. Zijn vader behoorde Adele per brief te vragen.'

Ik spreek ditmaal met klem want het komt mij voor dat mijn eerste beaming te laks was en zij moet niet denken dat het hele geval mij onverschillig laat.

'En wat ben je nu eigenlijk van plan?'

Je kan horen dat zij een kordaat antwoord verwacht en er op rekent dat ik tot daden zal overgaan. Ditmaal ontkom ik niet aan 't vervullen van mijn vaderlijke plichten. Maar wat doet een ander in een dergelijk geval? Is het niet ongehoord dat ik niet eens weet wat mij te doen staat? Maar 't overkomt mij ook voor het eerst. Bij een volgende dochter zal ik beter op de hoogte zijn.

Om iets te zeggen stel ik voor er met Adele over te spreken. Op die manier heb ik niets te doen, tenminste niet op staande voet en moet onze schat van een dochter in deze niet gekend worden? 't Is toch *haar* hand waar het om gaat.

Mijn vrouw kan daar onverhoopt weinig tegen inbrengen. Zij mompelt iets van 'vreemde luis' en klautert de mast weer in om haar tweede hoeklamp in 't plafond te lijf te gaan. Ja, die vier lampen moeten er uit, hoe 't ook verder verloopt met het vragen van die hand.

IV

De Pool is vandaag niet boven water gekomen. Hij wacht zeker op bescheid. En aan Adele heb ik nog niets kunnen vragen omdat wij nog geen ogenblik alleen zijn geweest. Steeds is er een van mijn kinderen in de buurt.

Op 't ogenblik wordt het souper verwerkt. Uit gewoonte heeft men een stoel voor hem gereed gezet, maar die is ledig gebleven.

'Komt Bennek niet?' vraagt onze zestienjarige slungel met een blik op Adele.

Geen antwoord.

'Mijn bedrogen zuster of het verraad van de Pool. Sprakeloze film.'

En meteen haalt hij zijn vijfde boterham naar zich toe. Zo'n jongen eet voor drie.

Adele staat zwijgend op en gaat de keuken in. Zeker om te huilen.

Jan kijkt verstomd zijn moeder aan maar krijgt taal noch teken. Met een schuine blik ondervraagt hij de uiterste linkerzijde waar Ida zit, die een jaar jonger is dan hij. Alles tevergeefs. Hij krijgt nu een kleur als voelde hij dat hij iemand pijn heeft gedaan, en weet blijkbaar niet wat verstandiger is, zwijgen of aandringen. Hij eet niettemin tot hij zijn bekomst heeft, staat dan op, fluit de eerste maten van de nieuwste rumba en trekt met schriften en boeken de voorkamer in, om huiswerk te maken.

Ida staat nu ook op en gaat zich bij Adele in de keuken vervoegen. Ik hoor zoenen. Er wordt dus getroost, alweer buiten mij om.

Ik moet nu iets doen, dat is zeker. En om goed te laten blijken dat er nog meer wilskracht in vader zit dan zij wel denken, zeg ik luidop dat die hele komedie lang genoeg heeft geduurd, waarop ik een blik van mijn vrouw onderschep die zwaar is van minachting.

Door een kracht die in mijn rug werkt word ik nu voortgestuwd tot in de keuken, waar Adele in een hoek zit, met haar vijftienjarige zus op haar schoot. Bij mijn verschijning houdt zij met wiegen op.

'Weet je dat Bennek...' Ik stop even, in de hoop dat Ida de keuken verlaten zal. Maar zij blijft zitten, met haar armen om Adeles hals en kijkt als een wild beest dat zich te weer stelt.

'Hij zou mij "officieel" ten huwelijk vragen en heeft gezegd dat hij je aan je kantoor zou gaan opzoeken. Vind je 't niet belachelijk?'

't Is dus niet nodig dat ik zijn bezoek nog eens over vertel, want zij weet er alles van en ik vraag nu maar of zij goed heeft nagedacht en of zij zeker is dat zij van Bennek houdt en met hem gelukkig zal zijn. Alsof men over zulke dingen nadenkt.

'Natuurlijk houd ik van hem, anders had het nooit zo lang geduurd. En ik wil wel met hem trouwen ook. Wat het gelukkig zijn betreft, dat heb ik af te wachten.'

En zich tot het zware kalf wendend, dat nog steeds op haar schoot zit:

'Wat denk jij van dat gelukkig zijn, moedertje? Zal het lukken of niet?'

Nu spreekt ze weer tot mij:

'Zeg maar dat je 't goed vindt, Pa, dan ben je er van af.

Want als je hem geen antwoord geeft dan komt hij niet meer en dan moeten wij die laatste weken langs de straat lopen. En ik ben liever thuis.'

En verder tot haar zus:

'Willen wij eventjes gauw het vaatwerk van 't souper afwassen, klein moedertje? Jij mag afdrogen.'

Daarop ontplooit zich het ineengestrengelde paar weer tot twee zusters en de jazz-muziek in de pompbak neemt een aanvang.

Ik kan in die keuken verder niets verrichten, ga de eetkamer weer in en zeg aan mijn vrouw dat Adele 't akkoord is. Meteen vraag ik of zijzelf toestemt.

'Toestemt, toestemt. Stem jij toe?'

'Zeker,' verklaar ik gedecideerd. 'Zij moet het maar weten. Zij is oud en wijs genoeg.'

Toch trekt mijn vrouw nog eens op haar beurt de keuken in alsof het pleit niet beslecht was en ik hoor dat zij vraagt wat Adele denkt van dat laattijdig aanzoek en van de houding van die Poolse vader die ons volkomen negeert. Zij schijnt dat maar niet te kunnen slikken.

Ik ga op de tenen tot bij de keukendeur en luister. Het afwassen wordt even gestaakt, maar in plaats van Adele is het Ida die haar van antwoord dient.

'Hij zou onze Adele al lang gevraagd hebben, maar zij vond het vervelend zo lang vooruit als verloofde rond te lopen, vooral op school onder al die jongens, is 't waar of niet, Adele? En nu gaat hij aan zijn ouders schrijven dat hij verloofd is. Voilà.'

Er wordt hier allerlei gebrouwd zonder dat mijn vrouw of ik er iets van af weten. Een ware heksenketel.

'Heb je 't gehoord?' vraagt mijn vrouw als wist zij dat ik had staan luisteren. 'En vind jij dat soms normaal? Je bent een mooie vader.'

V

Benneks vader is onverwachts uit Polen hierheen gekomen en volgens Adele moet haar Pool raar hebben opgekeken toen zijn oude heer hem aan de Handelsschool stond op te wachten. Wij hebben overleg gepleegd en zijn tot de conclusie gekomen dat wij er alles moeten opzetten. En zo hebben wij hem dan uitgenodigd om vanmiddag met zijn zoon bij ons te dineren. Immers, dit is een enige gelegenheid om kennis te maken met het hoofd van de Poolse clan waar Adele misschien in opgenomen wordt. En wij moeten ons haasten, daar hij vanavond reeds afreist. Hij is overgekomen om onze wereldtentoonstelling te zien, want hij is architect, en gaat van hier naar Amsterdam dat in Polen bekend staat voor zijn prestaties op het gebied van moderne stedenbouw. Van daar uit vindt hij zijn weg naar Polen wel terug.

Mijn vrouw en ik geloven geen woord van al die architectonische belangstelling. Hij komt natuurlijk om ons hol in ogenschouw te nemen en na te gaan hoe zwaar wij ongeveer wegen. En dan pas veegt hij zijn zoon de mantel. Hoe zou het anders te verklaren zijn dat die man, die ons van haar noch pluim kent, dadelijk goed heeft gevonden hier met mijn bende aan tafel te komen zitten. In ieder geval volgt nu spoedig een opklaring en dat is maar goed ook, want zo gaat het toch niet langer.

Ons beste tafelkleed is opgelegd en ons verguld trouwservies, dat in al die jaren slechts drie- of viermaal gebruikt werd, is uit de hoek gehaald. De kinderen hebben opdracht zich netjes te kleden en netjes te gedragen, want als wij zo onder ons zitten maken zij dikwijls een leven dat horen en zien mij vergaan. Ik vind dat Bennek en Adele niet naast elkander kunnen zitten. Mijn fierheid laat niet toe dat die man soms denken gaat dat hij in een val is gelokt. Als die jongen slechts te krijgen is met luizige methodes, dan nog liever helemaal niet. Zij zal dus heel gewoon naast Ida zitten als wisten wijzelf niet eens om welke van die twee het te doen is. Bennek links van zijn vader en ik rechts. Wij krijgen soep, vlees, kip, dessert en twee flessen wijn.

Zo staan wij hier dan op een hoop te wachten tot eindelijk de bel gaat.

'The hostilities are opened,' zegt Jan.

Ik voeg hem nog gauw toe dat dit voor vandaag zijn laatste Engels behoort te zijn en zie dan een reus van een vent die op ons afkomt. Onze planken vloer kraakt geweldig onder zijn stap. De zoon loopt naast de vader als een haze-wind naast een bul.

De man klapt zijn hakken tegen elkander, geeft mijn vrouw een geweldige handkus, verdeelt een vluchtige groet onder de kinderen, steekt mij een klauw toe als een grijp-emmer en blijft dan, met de handen op de rug, midden in ons salonnetje staan.

Hij heeft natuurlijk een goede reis gehad. Ja, wat zou er aan zo'n man kunnen overkomen? Intussen gaan zijn ogen rond over meubelen, vrouw en kinderen.

'Und das ist der Freund meines Sohnes, nicht wahr?' vraagt hij en kijkt Walter aan, die even knikt.

Ik zou willen zeggen: 'jawel, mijnheer, maar dit hier is vooral zijn meisje,' want als ik het gesprek niet op meisjes en trouwen breng dan mist dat diner zijn doel. 't Is echter niet gemakkelijk. Ik zou ook kunnen vragen: 'en hoe vindt u mijn oudste dochter?' Maar ik wil niet doorgaan voor een handelaar in blanke slavinnen. Ofwel kon ik meedelen dat Adele, net als zijn zoon, over enkele weken afgestudeerd is, wat vanzelf insluit dat zij dan beschikbaar komt voor een huwelijk. In zijn plaats echter zou ik de vader zonder meer geluk wensen met de eervolle afloop van dat studeren. Het beste was misschien eerst te vragen of hij óók dochters heeft, als wist ik dat niet. Daarop informeer ik of die al getrouwd zijn. Of zij al een jongen op 't oog hebben. Dat het uithuwelijken van een dochter weliswaar een echt probleem is omdat de jongelui hun brood niet kunnen verdienen, maar dat het voor een jongen óók een heel vraagstuk is de levensgezellin te vinden die hem past. Dat daarbij niet zozeer aan geld gedacht moet worden als wel aan opvoeding, geleerdheid en karakter. Dit laatste is een goede zet want ik zie niet in wat ik haar zou kunnen medegeven, behalve dan een bruidskorf.

Intussen staat die man daar te kijken. Onder 't drinken van een glas zal het misschien vlotter gaan en om alvast uit dat salon te geraken nodig ik hem uit aan tafel plaats te nemen en ga zelf zitten, gevolgd door de anderen. Een ogenblik later is de soep daar.

Als ik naar mijn lepel pak staat hij op, werpt op zijn zoon een blik die Bennek als een veer in de hoogte doet gaan, maakt het teken des kruises en begint te bidden.

Een ijselijke stilte valt in. Ik was op alles voorbereid, behalve op dát. Meebidden of niet? Dochter of geweten? Intussen gaan zij door en zitten wij daar als heidenen die het zwaard afwachten. Ik durf vrouw noch kinderen aan te kijken en staar op mijn schoot, wachtend tot die menhir aan mijn linkerhand weer gaat zitten. Mij dunkt dat die Polen veel langer bidden dan men hier te lande doet. In ieder geval duurt het mij een eeuwigheid. Als zij eindelijk klaar zijn is het mij alsof mijn hart heeft stil gestaan en nu pas opnieuw in werking treedt.

De flauwe hoop die mij restte is verzwonden want ik voel dat die architect op Rome bouwt als op een rots en wat hij hier heeft beleefd is met geen woorden uit te wissen. Dan nog liever een negerin, als zij maar meebidt.

Het diner verloopt dan ook zwijgend, al schijnt het hem te smaken. Na ieder gerecht een enkel woord over de politiek of de temperatuur in Polen. Ik zit daar als een afgestrafte snotjongen, met een waas voor de ogen, maar zie toch hoe Jan zich inspant om zijn vork behoorlijk links te hanteren.

Als alles op is doen zij een nieuw gebed, als bestonden wij niet en daarop gaat mijn arme vrouw toch nog extra koffie zetten, alsof die nog wat goed maken kon.

Wij staan op om die in 't salon te gebruiken, waar hij met zijn zoon in onze canapé gaat zitten die doorzakt tot op de vloer. De twee gepoederde vrouwen zitten ieder in een fauteuil. 't Heeft wel iets van een bordeel. Jan en Ida zijn verdwenen en Walter leunt tegen de schoorsteenmantel aan als voelde hij zich volkomen op zijn gemak.

Onze man zegt nu toch iets meer: dat alles hier duurder en slechter is dan in Polen, dat zijn vrouw ginder iedere morgen met de meid naar de markt gaat. Nu, voor mijn part mag dat mens niet alleen gerust naar die markt gaan, maar er zelfs nooit meer van terugkeren. Ik zwijg echter ter wille van mijn dochter. Als die canapé maar stand houdt.

Niet zodra is de koffie opgeslurpt of hij verontschuldigt zich omdat hij niet langer kan blijven, kust nogmaals die hand, buigt circulair voor de twee overblijvende kinderen en wordt door mij uitgeleid. Over Adele geen woord. Bennek loopt mee. In de gang helpt hij zijn vader zijn jas aantrekken. Dan maak ik de deur open en kijk ze beiden nog even na. Veel spraak schijnt er niet in te zitten, maar om de hoek verandert dat wel. En één ding is zeker: die vader weet er nu het zijne van en dat dineetje is een waardig besluit geweest voor die ongehoorde verloverij.

VI

Vanmiddag heb ik op de piano een brief uit Polen gevonden. Mijn vrouw had hem niet opengemaakt als om te beduiden dat zij zich de zaak niet meer aantrekt. Ik mag die verder alleen afhandelen.

De brief is in 't Duits gesteld, in gotisch schrift, zodat ik slechts langzaam vorder.

Benneks vader begint met 'sehr geehrter Herr'. 't Is mij alsof ik hem zijn hakken tegen elkaar hoor klappen. Maar toch is het een beleefd begin. Het ziet er waarachtig naar uit alsof dat zaakje nog in orde zal komen. Laat ik nu eens verder kijken.

'Mijn zoon veroorlooft zich mij te verzoeken de hand van uw dochter Adele te vragen.

Ik moet u eerlijk zeggen dat zijn brief ons met verstomming geslagen heeft. Uit vorige mededelingen had ik begrepen dat hij bij u aan huis kwam omdat hij bevriend is met een van uw zonen, maar ik kon niet vermoeden dat hiervan misbruik gemaakt werd om die tweeëntwintigjarige jongen, die naar België kwam om te studeren, het hoofd op hol te brengen en hem een meisje aan te makelen.

Mijn zoon is te jong. Hij moet nu eerst en vooral naar huis komen, ook al mocht hij niet slagen in zijn eindexamen, en hier in Polen een positie zoeken. Indien hij over enkele jaren nog gelooft dat een Pools meisje niet goed genoeg voor hem is, dan kunnen wij verder praten.

Ik reken er op dat u mijn zoon uw huis ontzeggen zult en dat u niets zult doen om de toestand erger te maken dan hij reeds is. Hochachtungsvollst.'

Dat is tenminste duidelijk en gedecideerd. Ik geloof zeker dat die man in alle omstandigheden weet wat hem te doen staat. In ieder geval schijnt hij geen lul te zijn zoals ikzelf. Trouwens, dat was hem wel aan te zien.

Ik ga naar boven en sluit mij op in ons zitkamertje waar ik de brief overlees tot ik op barsten sta. Ik denk onwillekeurig aan de Guldensporenslag. Ja, ik zal die baas nu toch eens eventjes tonen waar een Vlaming toe in staat is als hij getergd wordt. Ik neem de pen op en schrijf in één adem als volgt:

'Weledele, Zeer Geachte Heer,
Ik ontving uw brief van achttien dezer.
Hoe mijn dochter er toe gekomen is zich door uw Wel-

edele, Zeer Geachte zoon te laten bepraten, begrijp ik niet. Was het nog een Mof of een Rus, maar een Pool.

Ik heb er niet het minste bezwaar tegen dat die jongen geen voet meer in huis zet, integendeel. Maar dat moet u dan maar zelf van hem gedaan zien te krijgen, want ik zie volstrekt niet in waarom ik hier uw Poolse en vaderlijke plichten in uw plaats zou waarnemen.'

Met dat briefje moet hij nu de consulaten maar aflopen tot hij er een vindt waar men dat Vlaams in behoorlijk, grammaticaal Pools kan overzetten.

Blind van woede vlieg ik de straat op en smijt mijn brief in een bus. Ziezo. Dat is afgedaan. Hiermede zijn de betrekkingen tussen Polen en België afgebroken. 't Is beter zó want nu is aan een valse toestand een einde gemaakt en de Poolse gezant was tóch al bezig zijn koffers te pakken.

Aan tafel heeft niemand een woord gesproken. De radio wordt niet aangezet en in die stilte klinken vorken en lepels als wapengekletter. Niemand durft zout of peper te vragen. Ieder zoekt wat hij nodig heeft en helpt zichzelf. Na de soep kijken allen de tuin in alsof daar wat te zien was. Onze half verloofde sukkel heeft opgedrongen ogen. Toch deelt zij manmoedig vlees en aardappelen uit, zoals zij iedere middag doet. Zat ik niet aan tafel, ik drukte haar op staande voet aan het hart, zoals jaren geleden toen zij nog een haarvlecht droeg met een lintje er aan als een vlinder.

Dit is eigenlijk het eerste onheil dat ons overkomt, want dood en zware ziekten bleven ons gezin tot dusver bespaard. En nu ineens die Pool, waar niemand iets tegen doen kan. Ik wring mijn eten binnen en verlaat het huis om wat rond te lopen voor ik naar kantoor ga, want het is mij niet mogelijk in zulk een atmosfeer mijn dutje te doen.

Er was nog niemand op de fabriek en ik heb dus die brief maar weer te voorschijn gehaald en voor de zoveelste maal gelezen.

Onbeleefd is die man eigenlijk niet. Hij versmaadt alleen

mijn dochter. Hij vindt zijn zoon te jong en had er op gerekend hem te zien terugkeren met een diploma, maar niet met een vrouw. Ja, over een zoon redeneert men heel anders.

Ik denk terug aan mijn antwoord en stilaan dringt het tot mij door dat het niet schitterend is, tenminste niet wat wellevendheid betreft. Waarom heb ik die Pool wetens en willens in zijn nationaliteitsgevoel gekrenkt? Zeker omdat ik niets anders voorhanden had. Maar in ieder geval heb ik blindelings toegegeven aan een onweerstaanbare drang om mijn beledigde dochter te wreken. Heb ik echter geen kwaad gesticht? Eigenlijk had zij alleen het recht de inhoud van mijn antwoord te bepalen. En alles wel beschouwd heb ik haar opgeofferd aan een bloeddorstige bevlieging. Ik ben anders geen Corsikaan. Voor de zoveelste maal ondervind ik dat alles misloopt wanneer ik eigenmachtig handel. En toch blijft mijn vrouw halsstarrig willen dat ik bij allerlei gelegenheden zelfstandig optreed.

Pats. Ik krijg een papieren bal tegen mijn kop en word wakker. Bartherotte, die naast mij zit, vraagt of ik dronken ben. En nu pas zie ik dat ons kantoor volop in werking is. De schrijfmachines ratelen en een tekenaar vliegt als razend met een plan door ons departement.

'Deur toe!' schreeuwt Tuil hem na.

Het is nodig dat ik mijn brief achterhaal. Hij mag in geen geval naar Polen.

Ditmaal aarzel ik niet. Ik zeg aan Bartherotte dat ik er voor een half uurtje tussen uit moet en spreek met hem af dat hij zo lang mijn werk zal doen, want hij is vlug op de machine. Mocht naar mij gevraagd worden dan zegt hij wel dat ik op zekere plaats ben.

Een ogenblik later sta ik voor onze fabriek en spring een taxi in. Laat die kosten er dan nog maar bijkomen. Ik doe een omweg maken om niet door mijn eigen straat te moeten, want om drie uur is mijn plaats op de fabriek, voor mijn

Underwood, tussen Tuil en Bartherotte, onder 't oog van Hamer, onze boekhouder.

Wat gaat zo'n taxi toch snel. Hier is de bus al. Een gietijzeren gevaarte als een brandkast, dat het trottoir verspert. Het staat vlak voor de winkelruit van madame Speleers, waar mijn vrouw iedere week vis koopt.

Ik kijk even links en rechts de straat in om te zien of de postman, die haar lichten moet, soms niet in 't zicht is en zoek dan het nummertje dat bij iedere lichting verdraaid wordt. Lichting drie heeft plaats gehad en een lijstje grinnikt mij toe dat mijn brief hier om twee uur is uitgehaald.

Terwijl ik die lijst ontcijfer wordt achter mij heftig op de winkelruit getikt en als ik mij omkeer zie ik madame Speleers die mij hartelijk toeknikt. Om niet door te gaan voor een schoft knik ik terug, waarop zij haar deur open maakt.

'Nog zo laat op wandel, mijnheer Laarmans?'

Zij weet best waar ik om drie uur behoor te zitten en dat lanterfanten rond die bus vindt zij verdacht.

Ik ben zo in de war dat ik beweer op de tram te wachten. Mijn chauffeur staat nochtans naast mij en rolt een sigaret.

'Die stopt hier immers niet, mijnheer Laarmans. Ginder ver, bij de Van Luppenstraat.'

Zij monstert mij met enige achterdocht, vraagt even naar de kinderen en verzoekt mij aan mijn vrouw te zeggen dat zij prima Hollandse schelvis heeft.

'Kijk maar, mijnheer Laarmans.'

Zij doet een greep in een mand en steekt er een de hoogte in. Een kampioen van een schelvis.

'Anderhalf kilo. Precies groot genoeg, mijnheer Laarmans.'

Ik heb dat mens nooit goed kunnen uitstaan. Zij is mij al te beleefd. Iemand van mijn stand heeft niets aan al die mijnheerlaarmansen.

Ik beloof het aan mijn vrouw te zeggen van die vis en stap weer in. Die brief moet ik hebben en misschien krijg ik nog een kans op het grote postkantoor.

Ik kom daar om half vier binnengestormd en 't kost moeite om toegang te krijgen tot het trieerlokaal.

Als ik die stroom van brieven zie ontzinkt mij alle hoop. Toch krijg ik een formulier in te vullen en na mijn identiteit bewezen te hebben wordt mij gezegd dat de post voor Polen en Duitsland om drie uur naar 't station is gebracht.

'Uw brief zit al in Leuven,' verzekert een oude facteur.

VII

Ik heb een beste, brave vrouw, maar zij is zeer stijfhoofdig. Als ik dus zelf niet eerst weer over die brief van Benneks vader begin zal het weken duren. Nu, voor mijn part vind ik best dat er nooit meer over gerept wordt, anders wordt misschien de beknopte inhoud van een antwoord bepaald dat ik dan moet uitwerken. En ik zal nooit bekennen dat er reeds een onderweg is dat morgen vroeg in Polen zijn verwoestingen begint. Had zij maar niet versmaad die brief open te maken, dan was alles heel anders verlopen.

't Is alleen vervelend dat zij nu geen mond tegen mij open doet. Zij tergt mij met een absolute stilzwijgendheid die vreselijk op mijn zenuwen werkt. Aan tafel schuift zij mij mijn portie voor als was ik een hond, en ik moet maar zien hoe ik zelf aan thee, suiker, melk en jam geraak. Gelukkig krijg ik hulp van mijn kinderen die alles begrijpen.

'Hier, pa,' zegt er een, mij een boterham aanreikend.

Twee dagen lang heb ik stand gehouden, maar toen had ik er genoeg van. Ik heb de missive te voorschijn gehaald en vertaald. Zij is bleek geworden en naar haar kamer gegaan.

Toen zij een uur later nog niet beneden was ben ik haar gaan opzoeken, want je kan nooit weten. Pas na de derde sommatie heeft zij de deur opengemaakt. Zij was doende de sporen van pas geplengde tranen zo goed en zo kwaad als het ging met poeder uit te wissen. Een grijze vlecht plakte nog op haar gezicht en zij snoot telkens haar neus. Ik heb haar een zoen gegeven en een troostend woord gesproken, waarop de vloed zich weer met geweld een weg baande, over 't poeder heen. Ik heb haar gezicht tegen mijn borst gedrukt en zij heeft zich niet te weer gesteld.

Toen zij wat gestild was vroeg zij of Adele het al wist en daar ik ontkennend antwoordde haalde zij de verwenste brief uit mijn zak en sloot hem in een koffertje waar zij portretten en haarvlechten van onze kinderen in opslaat. 't Leek wel een begrafenis. Verdient die oude niet dat ik hem ginder ga afmaken?

'En wat doen wij nu met die jongen?' vraagt zij. 'Zullen wij hem nog ontvangen? Ik geloof anders dat het een door-gestoken kaart is, een afspraakje tussen vader en zoon.'

Zij werpt een diepe blik voor zich uit. Ik voel dat zij die vader, de zoon en onze dochter oproept en weegt, haar eigen jeugd terugziet en denkt aan de jaren die nog komen moe-ten.

'Wij zullen Adele maar liever niet verdrieten en Bennek blijven ontvangen. Over een paar weken is het tóch gedaan en zo beleeft zij dan tenminste nog enige gelukkige dagen vóór dat die lange ellende begint.'

Zij spreekt als een die alles vergeeft. Er is een godvruchti-ge klank in haar stem, een ongewone mildheid die haar veredelt en eerbied afdwingt.

Er kan nu best eventjes over een antwoord gesproken worden, want in deze stemming zal zij mij niet bruuskeren. En dat is dan meteen afgedaan. Ik kan trouwens niet weer-staan aan 't verlangen om even met vuur te spelen, om te spreken over het enige waarover ik beter deed te zwijgen.

'Vind je niet, Fine, dat onze waardigheid ons verbiedt op zo'n brief te antwoorden? Wij die voor Bennek zo goed zijn geweest. Al die maaltijden en 't opstrijken van zijn panta-lons ter zijde gelaten, had hij bij ons toch een tehuis, een toevluchtsoord waar hij lekker warm zat en Frans leerde terwijl zijn Poolse kameraden meestal als honden door de stad dolen. Hij beschikte hier over alles, misschien zelfs over Adele. En nu zo'n brief. Er is niets te beginnen met een man die na dat bidden zo schrijven durft, want die blijft toch bij zijn mening. Doodzwijgen is volgens mij het beste. Zijn brief zit nu tóch al in je kist.'

'Ja, zwijgen kan niet verbeterd worden,' erkent mijn vrouw. En zij bergt het kistje in haar kleerkast op.

VIII

Adele en de Pool zijn beiden geslaagd in hun eindexamen en dat behoort toch gevierd te worden, al bepaalt dat vieren zich bij een feestelijke stemming, een schoon tafelkleed, drie gerechten in plaats van twee en 't uitnodigen van mijn schoonouders, want mijn eigen ouders zijn dood. Het wordt niettemin een feestje omdat het als een feest bedoeld is.

Men heeft hem zeker gezegd dat wij toestemmen want vanmiddag was de Pool weer op zijn post. Mijn dochter, die aan iets schijnt te merken dat hij het is, en geen ander, die aan de straatdeur belt, is hem tegemoet gevlogen en heeft in de gang nog even met hem een gedempt concilie gehouden, waarop hij zijn intrede gedaan heeft alsof er niets gebeurd was.

Je ontvangt iemand gul of je ontvangt hem helemaal niet. Maar toch was het voor mij een pijnlijk moment. Immers, hij moet van zijn vader een even gedecideerde brief ontvangen hebben als ikzelf, anders zou Adele niet met die gezwollen ogen lopen, en is waarschijnlijk reeds in 't bezit van mijn fameus antwoord, want dat heeft hij zeker uit Polen present gekregen. Hij staat dus zeer sterk, terwijl ik niet weet hoe ik draaien of keren moet. Ik kan hem toch niet spontaan en definitief tot schoonzoon kussen voor ik een nieuwe brief van zijn vader ontvang, waarin de verloving wordt goed-gekeurd. En na dat antwoord van mij is die zeker niet te verwachten. Dat jammerlijke antwoord zit mij vreselijk dwars. Zonder mijn tijdverlies bij madame Speleers en haar schelvis... Gelukkig wordt hij door het koor van mijn kinderen met een geestdriftig hoera begroet en een ogenblik later staat hij al gebogen over 't handje van mijn vrouw, precies zoals de laatste keer. Ik sta verstomd dat een tweeëntwintig-jarige jongen zijn gevoelens zo verhuichelen kan.

Daar heb je de ouders van mijn vrouw. Zij zijn in 't zwart en zien er netjes uit voor mensen van de mindere stand die voortaan met tweehonderd frank in de maand in 't leven moeten blijven. Mijn schoonvader heeft vier decoraties op zijn jas zitten, zijn eigen decoratie van de oorlog van 1870 en drie die omstreeks 1850 door zijn vader met het redden van drenkelingen verdiend werden. Daar kunnen de Polen een punt aan zuigen. Moeder is verpakt in een taffetaskleed en versierd met die grote, gouden broche waarvan de herkomst tot op heden een geheim is gebleven, want daar blijft zij over zwijgen al is zij vierentachtig.

Een buurvrouw heeft haar zorgvuldig gekapt, want haar vlecht is opgerold tot een portie worst en blinkt van de kosmetiek.

'Gaat hij niet rond?' vraagt zij, als zij ziet dat Bennek het kussen tot de hand van mijn vrouw beperkt.

Adele fluistert haar Pool iets in 't oor, waarop het gevaar-te in twee sprongen boven moeder staat waarvan de rechter-hand haar deel van 't zoenen krijgt. Ik zie dat zij 't goed vindt. Hij mag blijven zoenen. Vader krijgt tranen in de ogen en drinkt zijn borrel op.

Ook mijn vrouw ziet er keurig uit, al doet zij gereser-veerd. Zij is tot de puntjes verzorgd, maar toch zit er in haar toilet iets demi-deuil-achtigs, iets waardoor zij op discrete manier uiting geeft aan het leed waarvan ik zo pas getuige ben geweest.

Ik doe mijn boord aan, die ik had uitgelaten omdat die jongen bij mij afgedaan heeft, en ga aan tafel zitten. Vooruit met dat feest, want hoe gauwer het uit is hoe beter. Dan kan een van ons beiden opdonderen. Hij moet de stad maar in, met of zonder Adele, of anders ga ik naar mijn stamcafé waar het bridgen al aan de gang is. Vooruit, de radio aangezet. En zoveel mogelijk leven gemaakt met stoelen, vorken, borden en glazen, als geloofden wij werkelijk dat over enkele maanden dat huwelijk zal ingezegend worden. Een echte poppenkast. Wat moet die Pool een pret hebben.

Hij zit naast Adele. Ja, zonder die straatwals van een vader had het een bevallig paar kunnen worden. Een ogenblik is mijn vrouw van plan geweest Ida tussen hen in te plaatsen, maar die heeft zich verzet, want onze kinderen hangen aaneen als een kluwen. Je hebt ze allemaal mee of allemaal tegen. En hij heeft ze mee.

Ik zit tussen mijn schoonouders gekneld, een heel eind van de Pool vandaan, zodat ik tenminste niet met hem behoef te converseren. Van zijn kant vraagt hij waarschijnlijk niets beters dan met vrede gelaten te worden. Toch moet ik uit beleefdheid, bij 't drinken op dat eindexamen, Bennek zowel als mijn dochter gelukwensen. Maar ik kan niet nalaten te insinueren dat ik hoop dat hij ginder in Polen een schitterende carrière maken zal en dat hij ons, tot aan 't eind van zijn dagen, met iedere Kerstmis een prentbriefkaart zal zenden. Hij blijkt echter niet vatbaar te zijn voor mijn goedkoop sarcasme en stamelt een woord van dank. Hij ziet er waarachtig ontroerd uit. Nu ja, als je daar met zo'n pak op je geweten zit.

Zodra ik uitgesist ben staat Adele op en komt mij omhelzen, want het is een dankbaar meisje dat zich rekenschap geeft. Had ik geen flink sommetje van mijn ouders geërfd, ik zou al dat studeren niet hebben kunnen bolwerken, dat weet zij best. Na mij kust zij grootvader en grootmoeder en vliegt dan op mijn vrouw af. Een ogenblik kijken ze elkan-

der in de ogen, als ruilden zij haar zielen en dan valt Adele
haar moeder om de hals. Ik zie ze beiden schokken als onder
de ontladingen van een motor. Vader laat zijn onderlip
hangen en de tranen leken op zijn das en op zijn decoraties.
Moeder echter kijkt alles rustig aan, als een die heel wat
anders achter de rug heeft. Zij probeert een blik te werpen
op haar gouden broche, maar 't vel van haar onderkin
hangt in de weg, en controleert dan tastend of alles in orde is
met de sluiting.

'Geef je Bennek geen zoen?' vraagt die brutale meid van
een Ida als Adele weer gaat zitten.

Walter en Jan zijn opgestaan, klinken met de Pool en
neuriën de eerste maten van Io Vivat. Zij durven echter niet
doorzingen uit eerbied voor mijn vrouw die nog niet geheel
bekomen is.

Ik vraag aan vader of hij al bij de burgemeester is geweest
en waar hij op geslagen heeft, op zijn tafel of op zijn gezicht.
Maar de oude man stelt op 't ogenblik geen belang in de
kwestie van dat pensioen en vraagt of de Pool werkelijk
terugkeert naar zijn land.

'Zondag, vader,' roept Jan van over de tafel.

Zie zo. Nu weet ik het ook. Zondag, dat is over drie
dagen.

'*Aanstaande* zondag, Frans?' vraagt vader ongerust.

'Ja,' schreeuwt Jan. 'Next Sunday. Mag ik mee, pa?'

Die jongen wil overal heen, ook naar de noordpool.

Mijn schoonvader kijkt mij veelbetekenend aan.

'Wat denk jij ervan, Frans? Jij bent toch op een kantoor.
Geloof je dat hij nog terug komt?'

'Wat denk jij ervan, moeder?' vraag ik op mijn beurt.

Zij schokschoudert en werpt een cynische blik op Adele
en haar Pool.

'Ha, ha,' grinnikt zij achter haar hand. 'Een flinke jongen
die zich hier goed geamuseerd heeft. Wat zou jij in zijn
plaats doen, Frans? Ervan profiteren, is 't waar of niet! Een

lekkere meid op je schoot en je voeten onder een goed gedekte tafel. En daarna adieu. En de wind van achter.'

IX

De Pool is vandaag vertrokken en ik ben blij dat het achter de rug is want van dag tot dag werd de spanning strakker en de laatste dagen was het geen leven meer. Mijn vrouw verzuimt naar 't eten te zien, dat aanbrandt waar zij bij staat en Adele lijkt wel een slaapwandelaarster. Zij loopt door 't huis en doet haar werk zonder tegen iemand te spreken en ik twijfel er aan of zij ons nog ziet. Als ik haar iets vraag schijnt zij te ontwaken.

Zij is zelf de Pool zijn koffers gaan pakken, ergens in een pension, en om kwart over vier kwamen zij samen binnen, hij beleefd als altijd, ditmaal zelfs met rozen voor mijn vrouw, zij haveloos, als iemand die te voet uit Rusland komt.

De trein vertrok om vijf uur, zodat wij slechts tien minuten gemarteld werden.

Na de gebruikelijke handkus ging hij toch nog even zitten en Ida vlijde zich familiaar op zijn knieën, wat een afgebeten commando van mijn vrouw verwekte.

Ik vroeg welke klasse hij reisde, hoe lang het traject duren zou, of hij over Rozendaal of Brussel ging, of hij niet blij was dat hij zijn moeder ging terugzien en of hij aan zijn vader mijn beste groeten wilde doen. Bij 't woord vader keek ik hem doordringend aan, maar bespeurde niet de minste reactie. Zo'n perfecte komediant loopt er in de hele Nederlanden niet. Om maar aan de gang te blijven vroeg ik daarop of hij 't niet naar vond bij nacht te reizen, of zijn paspoort veel geld had gekost, of hij in Berlijn lang moest wachten, of hij in de slaapwagen ging, of de Duitse spoorwegbedienden beleefder zijn dan de onze en of hij dacht dat men hem in Polen aan 't station opwachten zou. Op ieder van zijn antwoorden volgde een beamend knikken van mijn vrouw al twijfel ik er aan of zij wel iets verstond, zo afwezig zag zij er uit. En toen was het tijd.

Jan wilde mee naar 't station maar Adele nam hem even terzijde en hij drong niet verder aan.

Iedereen stond nu op. Bij de laatste handdruk zag ik hem verbleken. Was het van aandoening of van vrees?

En daarop stapte hij met Adele zijn taxi in, waarvan het gesnor kort daarop wegstierf.

Mijn vrouw is als een automaat met haar rozen tot in 't salon gewandeld, waar zij niets te verrichten heeft.

Wij hebben de terugkomst van Adele verbeid, zonder een woord te spreken. Ieder denkt er natuurlijk het zijne van, maar wat mij betreft geloof ik zeker dat mijn schoonmoeder gelijk had toen zij sprak van adieu en de wind van achter, hoe naar ik het ook vind alle hoop te laten varen.

Om half zes ging de bel.

'Daar heb je ze,' zei mijn vrouw, die zelf ging opendoen. Maar 't was een jongen die Jan kwam halen.

Even later was zij daar. Ik hoorde dat zij haar hoedje aan de kapstok hing en dan naar haar kamer trok zonder binnen te komen.

Na een hele tijd gewacht te hebben is mijn vrouw op haar beurt de trap opgegaan en óók boven gebleven. Toen wij al klaar waren met ons souper kwam zij beneden om een boterham en een kop thee die zij mee naar boven nam. En verder heb ik van geen van beiden die avond nog iets vernomen.

Enfin, Adele leeft. En dat is toch hoofdzaak.

X

De lange ellende waar mijn vrouw van sprak is ingeluid met een bezoek van mijn twee zusters, Hortense en Sophie, die voorwendden Adele te willen feliciteren met dat schitterend eindexamen. Als bewijs heeft de ene een sacoche en de andere een doos poeder medegebracht. Zij zijn om half negen gekomen, nadat Hortense haar dochter Martha, die even oud is als Adele, een uur vroeger op verkenning gezonden had om zeker te zijn ons kind niet te missen. In afwachting dat de zware artillerie komt neemt mijn nichtje het slagveld strategisch op en moet beletten dat er iemand weggaat die mee zou kunnen sneuvelen. Adele vooral moet door haar worden bewaakt.

Zij bleef dus treuzelen tot zij eindelijk met ons gesoupeerd heeft, al hebben onze soupers veel van hun aardigheid verloren sedert Adele daar als een melaatse zit, als een die door een kwade hand is aangeraakt. Ik moet echter zeggen, dat zij zich vanavond goed houdt. Zij doet zelfs vrolijk en praat met Martha over guitenstreken, die zij samen enkele jaren terug hebben uitgehaald, over vriendinnen die verdwenen zijn, over onderwijzeressen die zij op 't gymnasium samen gepest hebben. Telkens als er gebeld wordt houdt Martha met praten op, als gereed om signalen te geven.

Eindelijk zijn ze daar. Ik hoor haar bekende, zoetsappige stemmen in de gang bij de kapstok en daarop komen zij binnen met de sacoche en de doos poeder als schilden voor zich uit.

Zij begroeten eerst mijn vrouw, zeggen even 'dag Frans' en gaan Adele dan de judaskus geven. Daarop komen Jan en Ida aan de beurt die haar laten begaan maar over de schouder van iedere tante een blik ten hemel slaan die om bijstand smeekt. Nog een geluk dat onze student niet thuis is, anders liep het zeker mis.

Zij keren zich nu weer tot Adele.

'Proficiat kind. Zo'n zware studies en zo prachtig ge-slaagd. En dit is voor jou. Veel is het niet, want de tijden zijn moeilijk, maar 't is je van harte gegund.'

En daarop gaat de sacoche in Adeles handen over.

De tweede zegt ongeveer hetzelfde en overhandigt haar doos met poeder.

Veel is het niet, daar hebben zij gelijk in.

Zij gaan zitten en kijken elkander aan als om te vragen wie van haar beginnen moet. Mijn vrouw schenkt thee en zet haar koekjes voor, waarvan zij er nadenkend een paar opknabbelen.

Nu haar eerste salvo uitblijft vraag ikzelf naar mijn schoonbroers en dwing haar om beurten verslag te geven, niet alleen van hun gezondheidstoestand maar ook van de stand van hun zaken. Nooit tevoren heb ik mij zo in hun doen en laten geïnteresseerd.

Als het niet langer decent is daarop nog verder aan te dringen, vraag ik waarom Hortense haar dochter Martha, hier present, zo vroegtijdig thuis heeft gehouden. Dat meisje studeerde anders goed, is 't waar of niet, Martha? En zij had even goed als Adele naar de hogeschool kunnen gaan, terwijl zij nu niet weet hoe de dagen zoek te krijgen.

Ik praat schoolmeesterachtig en zo langzaam mogelijk om maar veel tijd te winnen, want als ik tot tien uur geraak kunnen wij naar bed gaan en dan moet de vijand vanzelf het veld ruimen bij gebrek aan tegenstanders.

Ik zwijg even om een blik op de klok te werpen en van die seconde maakt Sophie gebruik om bescheiden aan mijn vrouw te vragen wat er van 'die jongen' geworden is.

Ik vraag of zij 't over Bennek heeft, waarop Sophie zegt dat zij die Pool bedoelt, je weet wel. Zij knipoogt en werpt een schuine blik op Jan en Ida, die ieder in een boek verdiept zijn.

'Die kinderen moeten alles niet horen, is 't waar of niet, Fine?'

Er loopt een flauwe lach over 't gezicht van mijn vrouw die Adele aankijkt.

Ik zeg nu dat die Pool Bennek heet, dat ook hij geslaagd is in dat eindexamen, met Adele verloofd en afgereisd naar Polen omdaar met zijn vader alles voor zijn aanstaand huwelijk in orde te maken. Ik denk weer aan mijn brief.

Zij kijken elkander wantrouwig aan. Ieder van haar schijnt zich af te vragen of de andere niet met ons heeft gekonkeld om dat alles voor haar verzwegen te houden.

'Hij komt dus terug,' overweegt Hortense luidop. 'Neem mij niet kwalijk, Fine, maar ik had gevreesd... Je hoort tegenwoordig zulke rare dingen. In mijn straat heeft pas een student de dochter van zijn kostbaas met een kind laten zitten. Misschien óók wel een Pool. Maar als hij *werkelijk* terugkomt...'

'Wij zullen verlovingskaarten laten drukken zodra ik de Poolse tekst ontvang,' verzeker ik losweg. En even later staat mijn vrouw op om naar bed te gaan waarop Ida de hoeden en bontjes uit de gang haalt en de uittocht een aanvang neemt.

'Enfin, wij zullen zien,' besluit Sophie, die niet méér in dat terugkomen gelooft dan wijzelf.

Als zij buiten zijn gaat Adele met sacoche en doos naar de keuken.

'Wat ben je van plan?' vraagt haar moeder.

'In 't fornuis steken, ma.'

'Ben je gek.'

Mijn vrouw neemt haar de twee geschenken uit de handen en bekijkt ze nog eens goed.

' 't Is Marokkaans leder,' verklaart zij. 'Goed voor Ida als die een paar jaar ouder is. En dat poeder zal ik dan zelf maar opgebruiken.'

'De sacoche krijg je ook, ma,' roept Ida, zonder ook maar uit haar boek op te kijken.

Ik breek mij het hoofd over de vraag wat ik met Adele moet beginnen. Zij kent vijf talen, boekhouden, handelsrecht en wat dies meer aan de handelsschool gedoceerd wordt en zou dus zonder veel moeite een betrekking kunnen vinden op een kantoor. Maar zolang zij die Pool op het hart heeft vinden wij het raadzaam haar thuis te houden. Handenarbeid schijnt trouwens beter te zijn dan kantoorwerk, althans volgens mijn broer Karel, die dokter is. Hij is de enige die nog steeds zo vast in de eindelijke komst van de Pool gelooft als de joden in die van de Messias. Als hij iedere dag haar tandvlees bekijkt en haar oogleden oplicht dan is dat alleen om de vorderingen van de anemie te bestrijden tegen dat die sinjeur zijn intrede doet.

Zij staat nu onder leiding van mijn vrouw, kookt, dweilt of dekt de bedden, al naar gelang moeder haar met het een dan wel met het ander belast. Kieskeurig is zij niet. Vroegen wij haar de stad in te gaan en groenten te venten, zij zou het doen, want om ons te plezieren is zij tot alles bereid. Nu zij die Pool niet meer heeft, zoent zij haar zus, maar vrolijkheid is er niet in te krijgen. Zij doet wat men haar beveelt, zonder morren, zoals een lijdzame zieke zijn lepels neemt.

Zij heeft slechts twee brieven uit Polen ontvangen, maar prentbriefkaarten met de vleet. De brieven durven wij niet open maken, al brandt mijn vrouw van verlangen om te weten in welke termen de Pool zich van haar zal ontdoen. Wat de kaarten betreft, die bevatten meestal slechts hartelijke groeten voor mijn vrouw en voor mij en zijn niet eens getekend, wat bewijst dat die jongen toch iets op de handelsschool geleerd heeft.

Zijn naam komt niet over haar lippen en wij spreken natuurlijk nooit over hem waar zij bij staat. Ook de kinderen zeggen niets dat haar Bennek of dat verre land voor de geest zou kunnen roepen. Jan is gewoon mij onder 't maken van zijn huiswerk allerlei vragen te stellen omdat hij dan vlugger opschiet. Zo tapt hij mij de Engelse woorden af die hij niet kent, om ze zelf niet telkens in zijn woordenboek te moeten opzoeken, en declameert zijn aardrijkskunde omdat hij weet dat ik op de loer lig en direct de fouten verbeter. Gisteren echter zat hij zwijgend op een landkaart te staren en toen ik over zijn schouder keek zag ik dat het Polen was.

Zij is met moeite aan de piano te krijgen. Zij speelt anders prachtig klassieke muziek en heeft mij jarenlang 's middags in slaap gewiegd met Bach en Schubert, waar ik een zwak voor heb.

Verleden week had ik vrienden op bezoek en toen heb ik aangedrongen tot ik mijn zin kreeg, want zij kan mij niets weigeren. Zij heeft meer dan een uur Schubert gespeeld en ik commandeerde telkens vanuit mijn stoel welk lied op het laatst gespeelde volgen moest. Zo zong zij ons dan, zichzelf begeleidend, Nacht und Träume, An die Musik, Du bist die Ruh, Erster Verlust, Allerseelen, Wiegenlied, Frühlings-glauben, Der Einsame en veel andere liederen voor, tot ik eindelijk Der Jüngling am Bache bestelde. En zij begon 'An der Welle sasz ein Knabe'. Een paar deiningen later klonk het treurig 'und so fliessen meine Tage' en daarop vielen zang en piano plotseling stil. Na even gewacht te hebben, want met de radio gebeurt dat ook, keerde ik mij om en keek haar aan. Zij zat stijf, als doodgebliksemd, haar armen opengespreid, de rechterhand op de sopraantoetsen, de lin-ker- op de bassen, dáár waar zij 't laatste akkoord had aan-geslagen. Eindelijk hoorde ik een geluid als van een or-gelpijp dat haar uit de keel scheen te komen. En plotseling stond zij op en vluchtte het salon uit.

Mijn vrienden keken mij verrast aan en vroegen wat er aan scheelde, waarop ik zei dat zij aan overspanning leed sedert dat zware eindexamen, want ik heb geen zin om telkens weer diezelfde Pool op te dissen. Ik heb er al lang mijn buik vol van.

Toen ik het aan mijn vrouw vertelde begon die óók maar weer te huilen, alsof dat helpen kon. Zij en Adele doen haast niets anders meer, geloof ik, maar zij huilen vooral terwijl ik op kantoor zit en zij het huis dus vrij hebben. In mijn bijzijn zet mijn vrouw een verbeten gezicht en loopt voorbij met iets in haar houding dat duidelijk zegt dat zij mij nog slechts ondergaat ter wille van de kinderen.

Ik zal Adele toch eens moeten aanspreken. Niet omdat zij ons gezin verpest met die smart, maar omdat ik er het mijne toe bijdragen moet om haar zo spoedig mogelijk de strijd tegen zichzelf te doen aanbinden. Ik heb dus op een gunstige gelegenheid gewacht. Maandag was zij de gang aan 't dweilen, maar als die vloer nat is kan ik haar niet naderen en zo van op een afstand mist een gesprek het plechtige dat zo goed zou passen bij wat ik met haar te behandelen heb. Toen ik echter gistermiddag onverwachts in de keuken kwam stond zij daar mayonaise te maken, de oliefles in de ene en een vork in de andere hand, het hoofd een beetje terzijde opdat haar adem ze niet zou doen mislukken. Ik heb haar met grote zachtheid toegesproken maar niettemin gezegd wat ik te zeggen had. Dat een knap en afgestudeerd meisje zoals zij de moed niet mocht laten zinken, dat zij zo niet door mocht gaan want dat zij ziek zou worden en haar moeder ook, dat zij later wel een andere jongen vinden zou, minstens even goed als hij, dat zij dit, dat zij dat. Pas toen ik mijzelf zo hoorde praten trof het mij hoe hol dat alles klonk en begreep ik opeens dat men met woorden geen drenkeling redt, dat zij alleen zeggenschap heeft in haar smart, dus ook het recht dood te gaan aan haar Pool. Ik heb dan ook niet eens op een antwoord gewacht. Bij wijze van besluit heb ik haar gauw op het hoofd getikt en heb mij dan in de veranda teruggetrokken, van waar ik hoorde dat de mayonaise onder gesnotter werd voortgezet.

Ik weet heus niet wat er van ons kind worden moet. Maar als het slecht afloopt, dan maak ik vader en zoon kapot, daar kunnen zij staat op maken.

Toen ik vanmiddag thuis kwam vernam ik de stem van Adele die een Tyrolienne zong. Haar 'la-la-la-iti, la-la-la-itoe' klonk tot aan de overkant.

Ik trok voorzichtig mijn jas uit en hield mij dan even koest, waarop ik hoorde dat er in de huiskamer een discussie aan de gang was tussen Adele, Ida en mijn vrouw.

'Toe nou Adele, in 't wit. Dan zal ik je sleep dragen,' smeekt Ida.

'Dat hangt er van af of zijn ouders komen of niet,' zegt mijn vrouw. 'Komen zij, dan moet je in de kerk trouwen en dan kan het haast niet anders. Maar komen zij niet dan zou ik alles bescheiden onder ons doen en voor 't geld van dat kleed, dat je toch nooit meer aantrekt, kan je ginder huisraad kopen. Vraag eens aan Bennek wat hij er van denkt.'

'Goed, moederlief,' zingt Adele.

Wat mag er aan de hand zijn? 't Lijkt wel een repetitie van een operette.

Ik sta al een tijd in de huiskamer voordat Ida mij in de gaten krijgt.

'God, daar is pa,' roept zij.

En 't woord is nog niet koud of Adele vliegt mij om de hals.

'Laat vader zijn brief even zien,' zegt mijn vrouw, waarop Adele tevergeefs aan 't zoeken gaat. Zij vindt die brief niet. Zij vindt niets. Maar zij heeft zichzelf gelukkig teruggevonden.

Ten slotte wordt er dan toch in de keuken de hand op gelegd, naast een ketel waarin de soep staat koud te worden.

Bennek schrijft dat hij over twee maanden komt om te trouwen. Zijn ouders stemmen toe en zijn papieren zijn al zo goed als in orde. Hij verzoekt ons direct het nodige te doen om ook hier de voorgeschreven formaliteiten te vervullen, want hij heeft ginder een betrekking en krijgt slechts veertien dagen verlof, zodat alles precies geregeld dient te worden. En hij besluit met een hartelijke groet voor mij en de verzekering van zijn eerbied voor haar die hij zijn tweede moeder noemt.

'Heb ik geen gelijk gehad?' zegt mijn vrouw. 'Ik heb je immers altijd gezegd dat het een aardige, beste jongen is.'

Zó brutaal heeft zij, bij mijn weten, nog nooit gelogen. Ik vraag haar nog even of zij die 'vreemde luis' dan tóch maar als schoonzoon aanneemt en hoor dan dat ikzelf een soort Tyrolienne aan 't zingen ben. Ik begrijp alleen niet hoe die duivelse kerel dat met zo'n vader heeft klaargespeeld.

Mijn vrouw is nu volop in actie. Zij loopt het stadhuis en 't Pools consulaat plat en is aan 't naaien gegaan. Wat Adele betreft, die zingt maar. Er wordt mij niets meer verweten als ik later dan naar gewoonte in de Keizer blijf plakken. Hoe minder ik thuis zit, hoe beter alles schijnt te marcheren. En al dat gedoe wordt begeleid door vrolijke deuntjes en commando's die van d'ene kamer naar d'andere geschreeuwd worden, als op een schip.

Ik weet niet wat het is, maar ik heb een gevoel alsof ik voor een grote gebeurtenis sta, voor iets als een kentering in mijn leven en ik denk terug aan mijn ouders, die dood zijn. Hun schimmen, die in 't begin nog in mijn kring zaten, trokken zich ieder jaar verder terug als wisten zij dat het mij goed ging. En nu doemen zij weder op.

Ik zie mijn vader terug. Hij zit weer in zijn hemdsmouwen aan onze ronde tafel en snijdt het vlees voor zijn groot gezin dat uit zijn hand leven moet. Als eenvoudige bakker is hij trots op iedere goede noot die uit de school wordt meegebracht. Hij vertelt van plattelandse guitenstreken uit zijn kinderjaren, keurt het kopen goed van een nieuw pak en neemt mij 's zondags mee de Polder in waar hij geboren is. Als hij veel pinten op heeft bromt hij wel eens een ouderwets deuntje en dwingt moeder tot een paar danspassen. Wij moeten allen dokter of advocaat worden of iets anders dat veel moeite en geld kost, want voor bakker zijn wij te goed.

Dat heeft zo geduurd tot het trouwen een aanvang genomen heeft en allen heengegaan zijn, de ene voor, de andere na. En dan zijn de zielige zondagsbezoeken begonnen en 't geleidelijk medenemen van wat er in 't oude nest nog voor bruikbaars in voorraad was. Tot er niets meer overbleef dan 't bakkerspaar zelf en wat portretten aan de muur. En zo zal het ook ons vergaan, want een gezin heeft zijn groei en zijn verval, als elke onderneming.

Op 't ogenblik loopt alles nog goed. Ik breng het geld in huis en mijn vrouw verdeelt het in de vorm van voedsel en wat er verder nodig is om in 't leven te blijven en er als mensen uit te zien. Zij zorgt voor reinheid van lichaam en ziel, kijkt vorsend ieders kleдеren en ieders geweten na, roept tot de orde als het niet anders kan en biedt ons haar tranen als laatste argument om elk van ons te doen volharden in 't vervullen van zijn plicht. Maar als ieder kind zijn levensgezel gevonden zal hebben en zelf een nest zal hebben gebouwd, als er dus niets meer te beheren zal zijn, dan loopt onze heerschappij vanzelf ten einde. En Adele is de eerste die over de rand van 't nest klautert en vast besloten de wijde wereld invliegt, de anderen kijken haar verlangend na en ik druk de hand van mijn vrouw vaster in de mijne.

XIII

Mijn zusters zijn nogmaals op bezoek gekomen, ditmaal uitgenodigd door mijn vrouw, die haar dat leedvermaak stiekem betaald wil zetten.

Zij hebben dadelijk gezien dat er werkelijk getrouwd gaat worden, want zij treffen ons aan te midden van stapels linnen, ten dele afgewerkt tot lakens, slopen en zakdoeken en de rest nog in balen.

Adele vliegt haar beiden om de hals, want zij kust nu

iedereen, terwijl Ida op hoopjes legt om een hoek van de tafel vrij te maken.

'Zo, zo. Gaat zij dan tóch trouwen,' vraagt Sophie.

'Ja,' zegt mijn vrouw met een valse zucht. 'Zij is anders nog jong en ik had haar liever nog wat thuis gehouden. Maar er is niets aan te doen.'

Niets aan te doen? Hortense spitst de oren, kijkt even rond en als zij denkt dat de kinderen niet luisteren:

'Zij is toch niet...'

'Zwanger?' vraagt Ida, terwijl zij de kopjes op de tafel zet. 'Neen, tante. Maar dat komt nu wel.'

Zij vragen wanneer het huwelijk voltrokken wordt, of zij daarna werkelijk naar Polen gaat en wat voor soort mensen zijn ouders zijn.

'Chic, tante,' zegt Ida. 'Kolossaal chic. Eigenlijk veel te goed voor een familie als de onze.'

'Yes, dear aunts,' schreeuwt Jan uit de voorkamer. 'They are... enfin zij behoren tot de Slavische branche van de Arische stam. Dus tot het blanke ras. The white race.'

Zij zetten nu haar brillen op om al dat linnen van nabij te bekijken. En zij kennen linnen, daar kan je staat op maken. 't Schijnt ze niet mee te vallen dat het echt lijnwaad is, want zij slurpen zwijgend haar thee op, blijven nog even zitten en wenden dan voor naar huis te moeten omdat Martha griep heeft. Maar die zal wel eens alleen komen, als zij beter is.

'Best, dan mag zij meenaaien,' zegt datzelfde kreng.

Zij zijn nog in de gang als het theeservies al op de pompsteen staat en de naaimachine haar eentonig lied weer aanheft. Bennek kan gerust zijn. Aan linnen althans zal het hem niet ontbreken.

Er wordt druk met Polen gecorrespondeerd. In een van Benneks brieven zat een apart Duits briefje van zijn ouders voor mij en mijn vrouw. Ik begin te geloven dat het alleraardigste mensen zijn, want die mastodont drukt de hoop uit dat zijn vrouw vroeger of later kennis met ons zal mogen maken en geeft ons de verzekering dat wij, zowel als onze kinderen, te enigen tijde bij hen een gul onthaal zullen vinden. Die ommekeer is zo radicaal en onverklaarbaar dat ik er paf van sta.

Mijn vrouw vindt dat ik iets antwoorden moet en ik heb dan maar ongeveer hetzelfde geschreven, maar in 't Frans.

Met dat al is er nu geen twijfel meer mogelijk, want ik had al eens aan mijn vrouw gevraagd wat zij zeggen zou indien Bennek nu eens van idee veranderde en haar liet zitten te midden van heel die witgoedwinkel.

De datum van 't huwelijk is reeds bepaald. Zij trouwen in de Paasvakantie en zijn ouders komen niet want het is te ver. Benneks moeder zal immers toch kort daarop met Adele kennis maken en haar portretten blijken voldaan te hebben wat plastiek betreft. Maar hoe vriendelijk zijn vader nu ook schrijft, toch komt het mij voor dat hij van dat dineren met ons genoeg heeft. Toen ik hoorde dat die man niet komen zou heb ik een zucht van verlichting geslaakt, want al spreekt hij er niet van, hij heeft hem toch ontvangen en zo'n brok kan nog niet verteerd zijn.

Bennek keurt het trouwen zonder ceremonie volkomen goed. Of het in 't wit gebeurt of in iets anders schijnt hem totaal onverschillig te laten. Als zij het maar is en geen ander, schrijft hij.

Haar kleed is af. Een blauwe tailleur, waar zij direct mee naar Polen kan. En de nieuwe hoed zit al in zijn doos boven op de piano, want orde kennen de kinderen niet. En mijn vrouw, die anders geen rommel kan uitstaan, vindt nu alles goed.

Als zij even uitrusten van 't naaien en 't passen dan spreken zij over 't menu of ziften familie en vrienden in die wel en die niet zullen uitgenodigd worden.

Ik stel voor Hortense en Sophie te vragen, wat een gejouw verwekt als op een politieke meeting.

Tot dusver zijn definitief goedgekeurd: Mijn schoonvader, die nu iedere dag komt kijken of er op 't laatste ogenblik geen kink in de kabel komt en die zijn tranen met zijn grote zakdoek niet kan bijhouden. Mijn schoonmoeder, omdat vader haar niet alleen kan laten. Mijn broer, waar al mijn kinderen dol op zijn, die de enige was om in 't vertrek van Bennek geen kwaad te zien en heel alleen tegen de stroom opzwom. Misschien deed hij het slechts om haar pinkende lamp niet uit te blazen, maar hij deed het dan toch. Verder madame Mommens, die bereid is mijn vrouw in de keuken te helpen en ten slotte mijnheer Van Schoonbeke, een vriend van mijn broer die zeer sympathiek is en die wij in ere moeten houden want door hem geraak ik misschien nog eens aan een betere betrekking. Hij behoort tot de hogere stand en zijn aanwezigheid zal onze bende een zeker cachet van voornaamheid geven en remmend werken als het feest mocht dreigen te ontaarden in een slemppartij, want aan drank zal het niet ontbreken.

Het menu is zo goed als samengesteld. Coquilles St. Jacques om te beginnen. Waar het eigenlijk uit bestaat weet ik niet, maar madame Mommens verzekert dat het zeer lekker is. Kreeft op zijn Amerikaans, want daar is mijn broer dol op. Tarbot met kappersaus, om Van Schoonbeke genoegen te doen. Hamelbout om te vullen. Of er soep zal zijn of niet wordt later uitgemaakt en waarschijnlijk komen er nog een paar kleinigheden bij om het menu wat langer te maken. Dat belooft in ieder geval wat te worden.

De geschenken beginnen binnen te komen. Zij bestaan vooral uit glas en aardewerk. Die in metaal zijn worden van nabij bekeken en op de hand gewogen en onze student is bereid zuren uit het laboratorium mede te brengen om zekerheid te verschaffen.

Op 't laatste ogenblik stelt Adele voor niet in Antwerpen te trouwen maar aan zee, want ik bezit daar een huisje waar wij met Pasen verblijven. Dan moet die vakantie niet onderbroken worden en krijgen wij zeker geen last van familie.

Met algemene stemmen aangenomen. Mijn verlof is op de fabriek al geregistreerd.

En zo verlopen de laatste dagen in een stijgende herrie, zoals ik die als jongen stond te bewonderen bij 't optimmeren van 't reizend circus van Barnum and Baily.

Adele draagt diezelfde Jüngling am Bache nu voor zonder een spier te vertrekken. Zij speelt alles veel te vlug, want Allerseelen krijgt iets van een one-step. Telkens als zij een zeker aantal zakdoeken afgewerkt heeft staat zij even op, gaat ongevraagd aan de piano zitten en slaat er op los. Klassiek, jazz, Vlaamse Leeuw of Brabançonne, zij is tot alles bereid.

Troost heeft zij van mij niet meer nodig, dat zie ik wel. 't Ziet er veeleer naar uit alsof de rollen omgekeerd zijn. Niet dat ik hulpeloos en verwezen door het huis loop te dwalen, zoals zij deed voor die brief er was, maar zij is zo vol attenties dat er met mij iets niet in orde moet zijn. Is het omdat ik in de weg loop tussen al dat gedoe met die bruidskorf of omdat mijn vrouw absoluut geen acht meer op mij slaat? Dan zal het misschien beteren als Adele weg zal zijn en ons gezin, na 't afhakken van die loot, weer aan 't draaien gaat als een paardjesmolen.

XIV

Wij zitten sedert vanmiddag aan zee. Mijn vrouw, madame Mommens en Ida zijn druk in de weer want er komt nog heel wat kijken voor die Coquilles Saint-Jacques, die kreeft op zijn Amerikaans, die tarbot en die hamelbout op de tafel staan. Mijn schoonouders zijn met ons vertrokken omdat wij dan zeker de reis betalen. Mijn broer en Van Schoonbeke zijn morgen vroeg om tien uur hier om dan direct naar 't dorp te gaan waar het trouwen tegen elf uur besteld is.

Bennek reist van Polen recht naar Oostende waar hij

straks arriveert. Adele gaat hem daar afhalen en zij zullen op tijd hier zijn om met ons te souperen. Hij heeft gisteravond getelegrafeerd, dat hij werkelijk vertrokken was, zodat nu geen verrassing meer te duchten is.

't Is een vroege Pasen en 't ziet er hier niet vrolijk uit. De wind, die uit het noorden komt, rukt aan de gesloten villa's, huilt door de telefoondraden en blaast de kippen van de baan. De magere kat van boertje Costenoble komt uit de duinen en sluipt naar huis. Stekelorum, de baas van 't pension Lydia, die 's zomers in een keurig zwart pak staat, loopt ons op holleblokken voorbij, achter een kruiwagen mest en doet alsof hij ons niet kent. Het hek van Acou is losgerukt en klapt in de wind. Het zand vliegt de dijk op en uit zee komt het dreigend gehuil van de brulboei.

Terwijl de bruid en de andere vrouwen de vensters open zetten en de kachel aansteken, ga ik met mijn schoonvader en onze student in de Vogelzang een glas bier drinken.

't Stinkt hier wel, maar 't is hier tenminste warm. Alles is potdicht als voor een overwintering en de tabakswalm drijft rond als een dikke mist.

Ik tref hier de jongens van de streek weer aan die ik in geen zes maanden gezien had. Daar heb je Karel Tommelein, die baas, die in zijn hemdsmouwen staat en sedert september niet meer gewassen is. Zulma de bazin en Godelieve, de oudste dochter, die al mee in 't café staat. Verder Ufrazie, Albertje en Elisabeth die zich slechts af en toe met hun snottebellen vanuit de keuken tot in de gelagzaal wagen om dadelijk door Zulma te worden teruggebulderd. Verder zitten daar Pascal, de timmerman, de oude Pirre, die beweert veertig jaar op IJsland gevaren te hebben, Mathieu de aannemer met vier van zijn metselaars die tevens maats van hem zijn en Buk die niets doet en voor een ledig glas staat. Zij spuwen er lustig op los zonder elkander te raken en ik spuw dadelijk mee om te laten blijken dat wij nog steeds broeders zijn.

Wij gaan rond en drukken al die handen, zorg dragend niemand over te slaan.

Het getier, dat bij ons binnenkomen even geluwd was, wordt weder normaal, nadat zij mij van terzijde gemonsterd hebben om te zien of het mij nog even voorspoedig gaat en of er deze zomer aan mij nog wat verdiend kan worden. Om ze gerust te stellen trakteer ik ze allen met een glas bier.

Zulma, die voortdurend knipoogt, kan het niet langer uithouden en vraagt hoe wij op 't idee gekomen zijn Adele in Coxyde te laten trouwen, want zij weten allen wat er aan de hand is. De briefdrager had het verteld en die wist het van de veldwachter, die 't zelf aan 't gemeentehuis had aangeplakt.

Ik zeg dat mijn dochter het zo heeft gewild, maar ik zie dat niemand er iets van gelooft al zeggen allen dat zij gelijk heeft, want dat is alleen om een tweede glas van mij los te maken.

'Met een Pool godverdomme,' zegt een van die metselaars tegen Mathieu. En daarop zoekt ieder een keu uit en beginnen zij een partij biljart, want van dat tweede glas komt niets terecht, dat hebben zij al in de gaten.

Zoals ieder jaar vraagt de baas hoe 't in Antwerpen gaat en of Jan en Ida niet komen, al weet ik zeker dat hij ze gezien heeft toen wij van de tram kwamen. Dan vraagt hij nog maar eens aan vader hoe oud hij nu eigenlijk is en erkent dan ronduit dat er aan de kust niet veel van vierentachtig jaar zitten die nog zo zwierig hun glas ledigen.

Berten Flute, die altijd ruzie zoekt, protesteert en wil er een glas op verwedden, dat Pirre ouder is dan vader en meer drinken kan. Walter slaat toe, want hij beschouwt zijn grootvader als beledigd. Hij weet trouwens dat het in ieder geval uitloopt op het betalen van een glas aan Berten.

Daar Pirre half doof is kost het moeite van hem te weten te komen wanneer hij geboren is. Hij verstaat ons Antwerps niet goed en als wij in 't Westvlaams proberen dan gaat het helemaal niet. Maar Berten vloekt hem iets in 't oor en dan blijkt dat Pirre slechts van 1854 is.

'Nog een kind,' zegt vader.

Wij zijn nu met Berten en Pirre bij de kachel gaan zitten. Pirre vraagt waar Polen ligt, want hij heeft wel gevaren, maar nooit in die richting. Landen kent hij trouwens niet, maar wel zandbanken en lichtschepen.

't Is hier goed. Van die stank word ik niets meer gewaar. Ufrazie, Albertje en Elisabeth staan voor 't keukenvenster en steken tegelijk, als op enig commando, hun drie tongen uit. Vader stelt voor een laatste glas te ledigen op het geluk van Bennek en Adele, want hij wil met geweld op zijn beurt trakteren. De briefdrager komt binnen en even later de veldwachter. Ik weet het, als wij hier nog lang blijven dan komt heel het dorp, want onze aanwezigheid in de Vogelzang wordt nu overal gesignaleerd. En allen verwachten dat ik een pint betaal. Trouwens, wat zit ik hier eigenlijk te doen.

Pirre wordt door Berten op een stoel gehesen en heft zijn eeuwig matrozenlied aan dat verloren gaat in 't spektakel. Ik zie hem zingen maar hoor hem niet. Maar ik weet wat hij zingt, want ik merk het aan zijn gebaren. Hij kent trouwens maar één lied, half Frans, half Bretons. Als Berten vindt dat het lang genoeg heeft geduurd zet hij Pirre weer op de grond en nodigt vader uit óók iets voor te dragen.

'Ik kan niet zingen, vriend,' zegt hij. 'Maar ik kan nog best alleen die stoel op.'

Hij voegt de daad bij 't woord en staat in een oogwenk op zijn voetstuk, met zijn glas in de hand, wat een stormachtig applaus verwekt. Dat is hun laatste poging om toch nog aan dat tweede rondje te geraken.

'Bonjour papa,' zegt opeens een bekende stem en als ik omkijk zit ik voor onze Pool, die zich nu zelf spontaan tot schoonzoon kust. Vader, die op zijn stoel nog een eind boven hem uitsteekt, herkent hem niet.

''t Is Bennek, vader,' roept Walter, waarop de onderlip aan 't beven gaat en de zakdoek te voorschijn komt.

Ik walg van mijzelf, zo jammer vind ik het dat wij elkander in zulk een kroeg moeten weerzien, maar Bennek bestelt eenvoudig een glas en drinkt met ons mee. De jongens van de streek dempen weer even hun stemmen en staren hem aan als een wonderdier.

Het gaat hier niet meer. Ik sta op en betaal. Zulma geeft ons ieder een hand en als Bennek aan de beurt komt droogt zij eerst haar bierhanden aan haar voorschoot af.

Thuis zit moeder met opgezette kraag in haar mantel bij 't vuur te dutten, met een prachtige doos pralines op de schoot, die Bennek voor haar uit Polen heeft medegebracht. Mijn vrouw krijgt een keurig handwerkje, dat zijn moeder zelf heeft gemaakt en vader en ik ieder een fles Vodka. Een brutaal cadeau, al lust ik wel.

XV

Vandaag zal het dus gebeuren. Eer het middag is behoort zij niet meer tot het oude nest.

Ik ga mijn broer en zijn vriend afhalen en zit maar pas in Veurne aan het terras van de Zingende Molens, vlak voor de uitgang van 't station, of daar zijn zij. Mijnheer Van Schoonbeke had een fles cognac medegenomen omdat het zo koud was en hij en mijn broer zien er dan ook opgewekt uit. Om tien uur zijn wij thuis, waar een kooklucht hangt om van te watertanden. Madame Mommens heeft zich met moeder in de keuken opgesloten om niet gestoord te worden, Ida is boodschappen gaan doen en Jan oefent zich buiten op de 1500 meter. De anderen zijn gelaarsd en gespoord en na een vluchtige presentatie geeft mijn broer het signaal tot het vertrek.

Ons vendel bestaat uit Bennek en Adele, mijn vrouw, Walter en ik, mijn schoonvader met zijn decoraties, mijn broer en mijnheer Van Schoonbeke. Deze laatste heeft indruk gemaakt, maar hij is dan ook zo goed gemanierd als de beste Pool. Hij loopt naast Bennek en zij praten reeds zo gemoedelijk als twee blanken die elkander onverwacht in Congo ontmoet hebben.

De jongens van de streek zitten nog steeds in de Vogelzang en kijken ons door de vensters na. Ufrazie, Albertje en Elisabeth komen ergens onder uit en draven met ons mee. Als ik even blijf staan, om ons met een frank van hen los te kopen, zie ik dat het ons gezelschap niet aan distinctie ontbreekt, al gaan wij te voet. Dat lopen maakt de indruk van een fantasie van stedelingen die van de zeelucht willen profiteren en daarom de noordenwind trotseren. 't Is in ieder geval beter dan ons bij delen tot in 't dorp te laten rijden door de enige taxi die hier op 't gehucht in gebruik is.

Het Gemeentehuis van Coxyde is een gezellig, ouderwets café, waar op 't ogenblik een kachel brandt die ons deugd doet. Mijn broer zegt aan de bazin dat wij komen om te trouwen en bestelt acht glazen bier.

Wij gaan zitten. Bennek naast Van Schoonbeke, mijn vrouw naast Adele en ik naast vader. Ik vraag hem opeens of hij getuige wil zijn voor zijn kleindochter. Het pakt hem zo dat hij ja knikt, want antwoorden kan hij niet. Mijn broer zal getuige zijn voor de bruidegom.

In afwachting dat de autoriteiten komen probeert Walter een paar fantasiestoten op een biljartje en mijn broer, die niet van stilte houdt, steekt een muntstuk in een orgel dat even reutelend aarzelt en dan opeens een hels lawaai uitstoot dat alle praten overbodig maakt.

Er komen twee kerels binnen die ook een glas bier bestellen en waarvan er een op de klok kijkt. De bazin tapt en wenkt met het oog in onze richting.

'Als het gezelschap mij even volgen wil,' zegt de dikste

van de twee en zij gaan ons voor, hun glas medenemend.

Wij nemen ons bier nu ook maar mee, anders vinden wij straks slechts ledige glazen, want ik ken de jongens van de streek.

Naast het café is de raadzaal waar een ruime tafel staat en een rij stoelen tegen de muur die gestoffeerd is met notarisplakkaten.

De dikke man die ons is voorgegaan haalt een Belgisch lint uit zijn zak dat hem door zijn helper om de buik wordt gebonden. Dan zet deze twee stoelen bij de tafel.

'De bruid en de bruidegom als 't u belieft,' waarop Adele naast haar Bennek gaat zitten.

'Zijn de ouders aanwezig?'

Mijn vrouw en ik staan op terwijl Bennek uit zijn zak een document haalt met talrijke stempels waaruit blijkt dat zijn ouders in het huwelijk toestemmen. De magere man neemt er inzage van, blijkt voldaan en bergt het op.

'De getuigen als 't u blieft,' waarop vader en mijn broer zich bij ons vervoegen.

De burgemeester vraagt aan de getuigen waar en wanneer zij geboren zijn en als vader 1849 zegt verzoekt de secretaris om een confirmatie.

'Vierentachtig jaar,' zegt hij, na de tientallen op zijn vingers te hebben nageteld. De sjerp en de decoraties monsteren elkander, waarop de burgemeester met zijn maat een blik wisselt. Zij zijn overtuigd dat zij hem dat niet nadoen.

De burgemeester gaat nu zitten, slaat iets open en geeft lezing van de plichten van man en vrouw. Hij vraagt dan of Bennek Adele hebben wil en zij hem en beiden zeggen ja. Daarop vraagt hij of mijn vrouw en ik toestemmen en na een korte pauze verklaart hij dat zij in de echt verenigd zijn.

Met ons zessen krijgen wij de akte te tekenen, met een pen die vreselijk krast. Als vader aan de beurt komt haalt de secretaris een mooie vulpen uit zijn zak die echter afgeweerd wordt. Hij wil met *onze* pen tekenen en met geen andere en

doet het met vaste hand. Hij heeft alleen last van zijn tranen.

Als allen getekend hebben spreekt de burgemeester een
hartelijk woord. Hij drukt de hoop uit dat zij lang en gelukkig mogen leven en dat hun huwelijk met kinderen zal gezegend worden. Daarop doet de secretaris hem de sjerp af en
alles is voltrokken.

Hij krijgt honderd frank voor de armen en wij drinken
samen ons glas uit.

Als wij in 't café komen staan er voor ons acht nieuwe
pinten gereed die de burgemeester heeft doen vullen.

'Vooruit maar, heren,' zegt de bazin. ''t Is voor zijn reke-
ning. Hij levert hier het bier.'

Over het kerkelijk huwelijk heb ik het met Bennek nog
steeds niet gehad. Het is hem bekend dat Adele nog nooit
een voet in een kerk gezet heeft en dat zij dus niet alleen in de
echt verbonden, maar tevens gedoopt zou moeten worden.
Misschien vindt hij 't van zijn kant raadzaam het overbrug-
gen van die brede sloot voorlopig niet ter sprake te brengen.

Als wij buiten komen zie ik de kerk daar staan, over 't
gemeentehuis, en vlak er naast een groot wit huis met een
tuintje voor, dat er vriendelijk uitziet. Er groeit een palm die
gesnoeid is in de vorm van een kruis. Dáár moet de pastoor
wonen.

En ik bied mijn schoonzoon spontaan dat kerkelijk huwelijk aan, uit dankbaarheid voor zijn terugkomst uit Polen
en 't houden van zijn woord.

Zijn handdruk doet mij deugd en daar Adele het goed
vindt gaan zij samen de pastoor opzoeken. Wij vliegen intussen het gemeentehuis weer in, want buiten is het te koud,
en blijven daar beschikbaar voor 't leveren van getuigen.

Zes glazen bier als 't u blieft. De burgemeester en de
secretaris zitten samen kaart te spelen. Zij kijken op als om
te vragen of zij ons nog met een of ander van dienst kunnen
zijn. Neen, beste kerels, kaart maar door. Wij hebben alles
gehad.

Het duurt niet lang of Bennek en Adele keren terug met de boodschap dat hier niet anders getrouwd wordt dan met een mis en daar is het vandaag te laat voor. En toen de pastoor bovendien nog van dat dopen hoorde was hij opgestaan en had hen uitgeleid. Bij de deur had Adele nog eens geprobeerd, met haar vriendelijkste lach, maar 't had niet gebaat.

Vader, die zestig jaar geleden op het punt heeft gestaan koster te worden, beweert dat hij hen trouwen *moet*. Hij mag niet weigeren, evenmin als de brandweer. En hij stelt voor nog eens te gaan bellen, maar ditmaal allen te zamen. Hij zal het woord wel doen.

Van die bestorming verwacht ik echter geen heil, want die pastoor is natuurlijk óók een jongen van de streek, net als Pirre en Berten Flute.

Van Schoonbeke, die in voeling is met de hogere geestelijkheid, verzekert ons dat hij dat morgen in Antwerpen met de Jezuïeten klaar speelt, maar die drommelse Bennek wil tot elke prijs vandaag vertrekken. En als hij zich iets voorneemt dan doet hij het ook. Heeft hij niet in korte tijd zijn vader klein gekregen? Dat moet anders een flink stuk werk geweest zijn als ik nog aan dat bidden en aan zijn eerste brief denk.

'Trouwens,' zegt hij, 'in Polen telt alleen het kerkelijk huwelijk en men vertrouwt er zo'n Belgische inzegening maar half.' Zij schijnen daar te denken dat alle Belgen in zekere zin jongens van de streek zijn. Hij zal dat ginder zelf in orde maken en aan zijn ouders wel vertellen dat wij 't kerkelijk huwelijk met opzet hebben uitgesteld opdat ook zij van al dat plezier hun deel zouden krijgen.

Ik geloof dat die jongen het ver zal brengen.

'Vooruit, vader, het is tijd,' zeg ik gedecideerd, want die soldaat van 1870, die al enkele glazen op heeft, wil tot elke prijs die kerkelijke zegen met het zwaard bevechten.

En nu begint de terugtocht. Bennek en Van Schoonbeke

zetten hun conversatie voort, Adele loopt zwijgend naast mijn vrouw en Walter heeft het met mijn broer over het nieuwste in de therapie. Vader en ik komen achteraan. Ik heb mijn arm onder de zijne gestoken, want ik zie dat hij het al te kwaad heeft met zijn gemoed.

''t Was mooi, Frans,' resumeert hij. 'En een knap paar. Jammer dat je vader dat niet meer heeft mogen medemaken.'

Ja, mijn vader. Die is blijven zitten met moeder en met die portretten van ons. Maar die zondagsbezoeken doet Adele ons gelukkig niet na, want Polen is te ver.

Thuis staat een prachtig boeket op de kast met de kaartjes aan van Hortense en Sophie, die niet gevraagd werden. Een kaakslag voor ons allen.

Wij gaan om de beurt moeder omhelzen die thuis was gebleven en nog niets heeft gehad en daarop wordt rode en witte port geschonken en drinken wij op het jonge paar. Adele heeft Ida op haar schoot genomen, zoals zij thuis wel meer deed als zij troost nodig had.

Om drie uur wordt eindelijk de soep uitgeschept, want er is dan tóch maar soep gemaakt. Het werd tijd, want om half zes vertrekken Bennek en Adele naar Polen. Om er tevens een huwelijksreis van te maken zullen zij enkele dagen in Keulen en Berlijn doorbrengen en dan in Posen in de kerk gaan trouwen.

Bennek zit naast Van Schoonbeke, want ik vind dat zij gedurende die laatste uren zoveel mogelijk van elkanders welgemanierdheid moeten profiteren. Adele naast haar moeder, als een kuiken naast een kloek. Ikzelf tussen vader en moeder en Walter naast mijn broer, samen anderhalve dokter. Jan zit hier en Ida ginder, want die raken wel eens slaags.

Onder de soep komt er een telegram uit Polen en na de Coquilles Saint-Jacques een van 't personeel van de fabriek. De dragers krijgen van mijn broer een groot glas port en hij stelt aan mijn vrouw zelfs voor ze in de keuken mee te laten eten.

Vanaf de Coquilles worden de flessen duchtig aangesproken en mijn broer houdt tot Bennek en Adele een korte, maar diep gevoelde toespraak.

'Cheer-a-ho,' roept Jan nog vóór het slotwoord gezegd is en die snotjongen drinkt zijn glas uit als een Tempelier.

Alles is even lekker en Van Schoonbeke, die altijd wellevend blijft, kan niet nalaten mijn vrouw zijn compliment te maken. Hij snuift de damp van de tarbot op alsof die zijn hoest genezen kon.

Mijn broer wil madame Mommens met geweld uit de keuken halen. Iedereen wordt warm, behalve Adele en haar moeder, die daar zitten alsof zij een vonnis verwachten.

Bennek kijkt op zijn armband, fluistert Van Schoonbeke iets in 't oor en staat op. 't Is waarachtig vijf uur. Hij gaat naar zijn kamer en komt even later terug met zijn jas aan en een groot valies in de hand. Adele gaat nu ook naar boven.

Mijn vrouw vraagt toonloos of ik niet medega tot aan de tram en trekt haar mantel aan.

Daar is Adele nu ook met een valies. Zij geeft ieder nog een zoen, drukt Van Schoonbeke de hand, gaat madame Mommens in de keuken bedanken en sluit dan Ida nog eens aan het hart. Vader zit daar als vernietigd en vanuit de keuken dringt tot hier het snikken van dat vreemde mens door. Moeder stuurt Bennek een knipoogje toe, zeker omdat de ontknoping nadert.

''t Is tijd,' zegt deze kalm. En wij verlaten met ons vieren het huis dat ons nog een gejubel nazendt. Ik heb het valies van Adele overgenomen en loop naast Bennek, beschutting zoekend tegen de wind. Achter mij hoor ik mijn vrouw die zacht tot haar kind spreekt.

Daar is de tramhalte. Onze laatste wandeling is volbracht. Wij zetten onze valiezen neer en vluchten het portaal van Viaene binnen om uit de wind te staan.

De tram is in aantocht. Vanuit de Panne blaast de wind zijn schel gefluit naar ons toe.

'Sint Idesbaldus!'

Bennek smijt de valiezen op 't balkon, omhelst ons beiden flink maar kort en stapt in. Adele en haar moeder snikken in elkanders armen.

'Instappen!'

Het gevaarte rijdt door, een grote stofwolk achter zich opjagend. Nooit ging die tram zo snel, dunkt mij. Hij is al in Coxyde.

Vaarwel, kindlief. Hou je taai in Polen en denk aan mij zoals ik aan jou zal denken.

Wij kunnen hier niets meer verrichten en ik sla de Zeelaan weer in. Mijn vrouw loopt naast mij, als een getrapte hond. De bakker, die ons ziet aankomen, doet niets dan knikken en zegt haar vriendelijk goede dag, maar krijgt geen antwoord.

Als we 't huis naderen hoor ik de stem van Walter die de derde strofe van de Moord van Thienen zingt, met begeleiding van keukengerei. En door het venster zie ik de oude Pirre die naast vader is gezeten. Dat is de eerste jongen van de streek die zich toegang heeft weten te verschaffen.

XVI

Vrouw en kinderen blijven tot dinsdag aan zee terwijl ik met mijn schoonouders, mijn broer en Van Schoonbeke nog dezelfde avond afgereisd ben.

Moeder heeft in de trein geslapen, dat zij er van kwijlde, maar vader zat nog flink rechtop, met gekruiste benen en een grote sigaar tussen zijn vingers. In Brugge werd onze coupé overstroomd door een bende tierende soldaten die 't benauwd hadden in hun staande kragen en die, met de armen om elkanders hals, een dronken melopee gezongen hebben, die nog niet uit was toen wij in Antwerpen arriveerden. Nadat vader en moeder aan 't station op een trammetje gezet waren, nam Van Schoonbeke ons nog even mee naar zijn huis, want hij heeft het feest zo naar zijn zin gevonden, dat hij mijn broer en mij op een laatste fles oude Bourgogne wilde trakteren. Toen ook de fles nog op 't jonge paar geledigd was namen wij afscheid. En nu naar huis toe. Een geluk dat mijn broer nog een eind met mij meeloopt, want die allerlaatste gezel vind ik heerlijk. Eindelijk slaat hij rechtsaf en moet ik wel alleen verder, met een groot valies in de hand dat ze mij zo maar meegegeven hebben en dat mij voortdurend tegen de kuiten slaat.

Rond middernacht ben ik thuis. Mijn stap weergalmt door onze verlaten trapzaal en ik blijf even staan om te luisteren. Geen buren, geen radio. Niets dan mijn eigen hart en onze staande klok die tegen elkander optikken. Om vrees aan te jagen roep ik met mijn zwaarste basstem 'werda' en ga dan onze huiskamer in waar de kachel nog brandt. Het werk van Sophie, die iedere avond komt kijken zolang het huis alleen staat.

Morgen blijf ik thuis om eens lekker uit te rusten en ik kan dus best nog wat bij 't vuur gaan zitten, met een laatste pijp. Eerst even onder het tafelkleed kijken dat tot op de vloer hangt. Niemand, dat spreekt vanzelf. Om half zes uit Oostende, dan zijn zij nu in Keulen en heeft zij de Rijn al gezien, tenminste bij nacht. Dat moet iets zijn als de Schelde, maar minder breed.

Onze klok slaat half een en pas is haar klacht tot stilte gekomen of er wordt gebeld.

Wie mag hier zo laat nog iets van doen hebben? Zou Van Schoonbeke soms een allerlaatste fles komen ledigen, op dat eeuwige jonge paar? Ik ga tot aan de deur en vraag uitdagend wie daar gebeld heeft. Zij kunnen buiten horen, dat ik geen kat ben om zonder handschoenen aan te pakken.

'Bennek en ik, Pa,' zegt de innige stem van Adele.

Het geeft mij een vreemde gewaarwording dat geliefd wezen terug te zien van wie ik zo pas afscheid genomen had en die nu minstens in Keulen behoorde te zitten. 't Is mij alsof zij begraven was en nu weer opstaat om in de weg te lopen en herrie te schoppen. Kwam onze beminde vorst Leopold II terug, wat zouden wij met hem aanvangen?

Zo iemand moet zich direct verontschuldigen voor 't eenzijdig verbreken van zijn contract, want dood is dood en weg is weg. Adele vertelt dan ook dadelijk dat zij in de trein nog eens over dat kerkelijk huwelijk nagedacht heeft en tot de overtuiging gekomen is, dat die inzegening haar beslag hier behoort te krijgen, als dat tenminste mogelijk is. Voor de kerk gaan trouwen na haar huwelijksreis vindt zij belachelijk en als het ware een spotternij. Bovendien leent zij zich niet gaarne tot een ceremonie in een taal die zij niet verstaat. Laat die Polen ons gerust als jongens van de streek beschouwen, zij wil honderd percent getrouwd zijn voor zij ginder aan haar schoonmoeder wordt voorgesteld.

Ik begin al opnieuw aan haar te wennen. Ook valt het mij mee dat het nachtelijk huis weer opleeft. Zij laat de deuren klappen, trekt zingend de keuken in, zet water op voor thee en gaat op zoek naar brood en wat restjes, want zij en Bennek lopen nog steeds op die tarbot en die hamelbout. Zij verzoekt mij niets aan mijn vrouw te schrijven anders springt die de eerste de beste trein op en dan zijn die laatste vakantiedagen voor de kinderen bedorven.

'Hier, trek die aan,' roept zij tegen haar man. En vanuit de keuken smijt zij hem een paar pantoffels van Walter toe, waarop mijn schoonzoon lijdzaam zijn schoenen begint los te maken.

Dat belooft een flink wijf te worden.

XVII

Ik heb slecht geslapen, want dat kerkelijk huwelijk heeft mij door het hoofd gespookt. Van Schoonbeke heeft wel beweerd dat op staande voet met de Jezuïeten te kunnen klaarspelen, maar ik twijfel er aan want die zegt zo maar wat. Voor ik op hem een beroep doe zal ikzelf hier in de buurt eens proberen.

Ik vraag bij de bakker waar onze pastoor woont en om acht uur hang ik al aan zijn bel. De meid vindt het vroeg voor een bezoek want mijnheer pastoor zit nog koffie te drinken. Ik geef haar echter een fooi en een knipoog als om een olifant te overtuigen, waarop ze mij gaat aanmelden. Dat is een goed begin. Even later word ik ontvangen door een man die er nog jong uitziet en die vraagt wat ik verlang.

Vooruit, Laarmans. Met de deur in huis. Er op of er onder. 't Is voor je eigen kind.

Ik zeg hem dan brutaalweg dat mijn dochter deze avond naar Polen vertrekt en vandaag nog door hem gedoopt en getrouwd zou moeten worden.

Ik zie dadelijk dat hij niet schrikt. Hij kijkt mij aan en vraagt of zij de christelijke lering kent.

'De hele catechismus?'

'Neen,' zegt hij, 'de grote waarheden.'

'Van één God, van de Drieëenheid, van de Menswording van Christus en zo?'

'Juist.'

Ik zeg dat ik haar die dadelijk leren zal, waarop hij in een dagboek kijkt.

'Over een uur dopen, om zes uur biechten en om zeven uur trouwen. Voor het trouwen ieder met een getuige komen. Voor 't dopen heeft zij niemand nodig als zij goed vindt dat de koster peter is.'

Daar hij een zieke moet gaan bezoeken vraagt hij verontschuldigend of hij mij nog met iets van dienst kan zijn. Dat vroeg die brave burgemeester ook toen wij hem bij 't kaart-spel verrasten.

Ik informeer of hij soms geen catechismus te leen heeft die ik vanavond zal terugbrengen.

Hij zoekt in een lade en overhandigt mij een boekje.

'Om mede te nemen naar Polen,' zegt hij. 'Ik geef haar dat cadeau. Maar leer haar vandaag niet te veel ineens of zij is straks alles vergeten.'

Als de meid mij uitlaat moet ik mijzelf geweld aandoen om met haar in de gang geen flikker te slaan.

Adele staat in de keuken aardappelen te schillen. Zij heeft ook Bennek aan 't werk gezet want ik zie dat die met een emmer naar boven trekt. Ik zeg haar dat zij over een half uur gedoopt wordt, dat zij dus maar net de tijd heeft om zich wat op te kleden en stop haar die catechismus in de hand.

'Een cadeau van je pastoor om mee te nemen naar Polen. Die moet je tegen zes uur uit het hoofd kennen, want dan wordt je de biecht afgenomen.'

Zij droogt haar handen af alvorens het boekje open te slaan, werpt een vluchtige blik op de stekelige inhoud en kijkt mij pessimistisch aan.

Ik stel haar nu gerust en zeg dat zij moet opschieten.

Zij schilt ijverig door en gaat zich dan haastig kleden.

Even later komt zij de trap afgestormd, vraagt waar de pastoor woont en vliegt de deur uit.

Een half uur nadien keert zij gedoopt terug. Een schuch-terheid belet mij haar te vragen hoe 't gegaan is en ik zeg haar nu wat zij vooral tegen zes uur kennen moet.

Om te beginnen dat er maar één God is.

'Is er werkelijk een God, pa?' vraagt zij.

Is dat nu een vraag om tot je vader te richten als jezelf tweeëntwintig bent? En zij stelt die zo eenvoudig als vroeg zij of Litauen een republiek is. Als zij waarlijk denkt dat ik haar bescheid geven kan dan is dat een blijk van overdreven waardering.

Of er een God is. Een vraag waar ik tegen opzie als tegen de Himalaya. Al die jaren heb ik mijn afgrond kuis bedekt gehouden en ik zal hem op deze dag zeker niet ontbloten. Ik zeg haar dus maar dat ik hoop van wel, maar dat een klerk zoals ik dat niet kan uitmaken. Dan spreek ik gauw over de drie Goddelijke Personen, omdat ik die toch al iets minder plechtig vind dan dat dreigend enkelvoud, maar daar snapt zij niets van. En daar ikzelf die rolverdeling niet begrijp, kan ik haar tot mijn spijt geen opheldering geven.

Ik daal nu ineens af tot bij Adam en Eva met hun appel en eerlijk gezegd ben ik blij dat ik beneden ben. In 't Paradijs kan ik een beetje op adem komen. Van onze stamvader had zij al gehoord, zeker op school, maar van de erfzonde staat zij toch paf.

'Als ik nu eens een moordenaar was, dan zou jij mijn zonde erven, want je leven lang zou je met vingers gewezen worden als had je de helft van die moord gepleegd, is 't waar of niet?'

Ja, dat begrijpt zij. Maar nu moet ik de Menswording van Christus ontsluieren en dat zal een harde noot zijn.

'Welnu, Adam en Eva's gruwelijke bruidsschat kleefde alle mensen aan en niemand minder dan God zelf zat hen op de hielen en wees hen met de vinger. Tot God inzag dat dat voor ons geen leven meer was en ons Zijn Zoon gezonden heeft om ons vrij te kopen door Zijn lijden. In plaats van hem uit klei te maken en leven in te blazen, zoals hij met Adam gedaan had, gaf God er de voorkeur aan hem te doen geboren worden uit een reine vrouw, dus uit een die vrijstelling van de erfzonde had en onbelast was. Daartoe zond God de Heilige Geest die Maria bevruchtte. Begrepen?'

Zij vraagt of zo iets mogelijk is en spreekt van Leda en de zwaan. Maar ik doe haar opmerken dat het die zwaan ernst was, terwijl hier een geestelijke bevruchting leven verwekt heeft.

De leer en het lijden van Christus volgt zij met vervoering

en zij schaart zich geestdriftig onder zijn banier en onder die van zijn moeder. De joden mogen van geluk spreken dat zij op 't ogenblik met haar niet af te rekenen hebben.

'Drie dagen na Zijn dood is hij teruggekeerd tot Zijn Vader, dus opgestegen ten Hemel, want toen men zijn graf binnentrad was het ledig. Niets. Niemand. Begrepen?'

Neen, dat begrijpt zij niet, al staan er verticale rimpels in haar voorhoofd van 't geweld dat zij bij 't denken doet.

Maar met of zonder rimpels, het moet er globaal in, als een purgatie.

'Dat begrijpen is trouwens bijzaak,' troost ik haar, 'want het gaat hier om een dogma. Onze pastoor neemt je immers geen examen in de wiskunde af? Je krijgt niets te bewijzen. Als je maar weet dat het er staat. En kan je 't geloven, vooruit dan maar.'

Zij kijkt mij aan met stijgende verstomming maar ik streep toch gauw nog een en ander aan over Hel, Hemel en Vagevuur, de Onsterfelijkheid der Ziel, de Akte van Geloof, de Tien Geboden Gods, het Vader Ons en het Wees Ge-groet, zonder haar tijd te gunnen mij nog meer vragen te stellen. Daarop laat ik haar alleen in 't dichtste van dat braambos en nu moet zij maar zien hoe zij er zich doorheen slaat. Want als het met *die* pastoor niet gaat dan moet zij nooit meer proberen.

Om half zeven komt zij thuis na schitterend gebiecht te hebben en even later is mijn broer daar om getuige te zijn voor de bruidegom. Hij wil zijn fiets medenemen om van de kerk direct op ziekentournee te gaan. Maar ik doe hem opmerken dat wij met een bruid komen, die nog zo goed als niets van de christelijke lering afweet en ik vind het niet raadzaam daar bovendien nog met een fiets te komen aan-zetten.

De pastoor is gereed. Hij kent haar al want hij klopt haar hartelijk op de schouder, en brengt ons dadelijk door een achterpoort in de donkere, holle kerk, waar vier stoelen voor het altaar op een rij staan. De koster steekt een paar kaarsen aan, nauwelijks genoeg om elkaar te zien zitten, plaatst Adele en Bennek in 't midden, mijn broer naast de bruidegom en mij naast de bruid. De pastoor verwijdert zich nu even, maar keert spoedig terug in wit rokelijn en purperen stool. Een heel andere man. Hij buigt een knie ten gronde voor het altaar en komt dan gedecideerd op ons af, als een die gewoon is er kort spel mee te maken. Hij vraagt of de bruidegom Vlaams kent en Bennek zegt ja. Hij spreekt wel Frans met haar, maar verstaat toch ons Antwerps. Daarom moesten wij altijd zo met hem oppassen.

De priester vraagt hem nu of hij uit zijn vrije wil hierheen is gekomen om met Adele te trouwen. Bennek zwijgt en de priester herhaalt zijn vraag. Daar heb je 't gedonder. Adele lispelt gelukkig iets en eindelijk zegt Bennek gedecideerd ja. Mijn kind krijgt dezelfde vraag en geeft hetzelfde antwoord.

De priester sluit een hand van Adele in een van Bennek, wikkelt het handenpaar in zijn stool, prevelt een gebed in 't Latijn en houdt dan een toespraak waarin hij er op wijst dat dit verbond slechts door de dood verbroken kan worden. Dan wendt hij zich tot Bennek met de woorden 'zeg duidelijk met mij:

"Ik, Bernard Maniewski, geef u, Adele Laarmans, die ik hier bij de hand houd, mijn kerstelijke trouw."'

Hij wacht even. Bennek zwijgt weer. Mijn broer fluistert hem iets in 't oor en eindelijk stoot hij een geluid uit waarin alleen hun twee namen te onderscheiden zijn.

'En neem u tot wettige huisvrouw voor God en de Heilige Kerk.'

Bennek braakt iets uit dat even goed Pools kan zijn als Vlaams. Ik verneem een sissend geluid als van een ketel die stoom laat ontsnappen en opeens proest Adele het uit.

Ik sta als versteend. Wij lijden schipbreuk in 't zicht van de haven, maar dat zal ik haar betaald zetten. Ik neem mijn hoed alvast in de hand en knoop mijn jas dicht.

Maar de pastoor wacht geduldig tot de vlaag over is en doet dan ook haar diezelfde formule herhalen. Zij lacht, huilt en declameert tegelijk. Twee van de drie kaarsen zijn uitgegaan. De priester zegent nu een ring, die Bennek hem overhandigt, steekt Adele die aan de vinger, doet nog een gebed, geeft het jonge paar zijn zegen en verzoekt ons hem in de sacristie te volgen, waar wij de akte tekenen. Ik schaam mij dood in haar plaats en bereid een toespraak voor, maar ons pastoortje geeft mij de tijd niet want hij klopt haar weer op de schouder en maakt haar zijn compliment voor 't vele dat zij in die enkele uren heeft ingestudeerd. Dan drukt hij ons allen de hand en brengt ons tot aan de deur. Had er port in die sacristie gestaan, hij had er ons geschonken.

'Alle begin is moeilijk, kind,' zegt hij haar nog.

Hij schijnt niet te vinden, dat hij last met haar gehad heeft, maar zij met hem. Wist ik maar zeker dat hij ze niet weigeren zou, ik zond hem een kist fijne sigaren. Maar een dankbrief krijgt hij in ieder geval en honderd frank voor de armen ook, zoals die burgemeester gekregen heeft. Dat is nu eenmaal mijn tarief.

'Wel?' heb ik haar gevraagd.

Zij denkt dromerig na.

'Ik weet het niet,' zegt zij, 'maar 't is mij toch alsof ik getrouwder ben dan gisteren.'

Zij heeft die catechismus werkelijk in haar valies gestopt en is 's avonds laat nog met Bennek weer naar Keulen onder zeil gegaan.

Is het omdat de gestalte van mijn vrouw ontbreekt, met dat rampzalig gezicht en die toonloze stem, of omdat Adeles verrijzenis mijn geloof in een eeuwige smart heeft geknakt? Of kan een vlaag van leed slechts éénmaal in al haar volheid gesmaakt worden? In ieder geval is dit nieuwe afscheid minder hard dan gisteren, in de wind bij de tram. Bennek en ik schudden elkander stevig de hand, als kapiteins ter lange omvaart.

'Mon cher Bennek.'

'Mon cher papa.'

Ik hoop dat het ditmaal gemeend is en hij waarschijnlijk ook. En Adele lacht omdat zij tóch nog een paar tranen gewaar wordt.

Als zij vannacht maar weer niet komt bellen.

XVIII

Ons gezin is weer aan de gang: Walter in Gent aan de universiteit, Jan en Ida op 't Gymnasium, mijn vrouw in de keuken en ik op kantoor. Dat eerste verlies is gevoelig maar als ik mijn andere kinderen aanschouw dan weet ik dat het toch nog enkele jaren duren zal voor wij alleen zitten.

Door hun briefkaarten kunnen wij Bennek en Adele volgen op hun tocht door Duitsland, steeds verder naar 't oosten toe, tot er uit Posen een brief gekomen is met een relaas van haar kennismaking met Benneks familie.

Zij is daar met open armen ontvangen en 't moeten werkelijk allerliefste mensen zijn, want over mijn brief geen woord. Daar schijnt de vader dus niet eens over gesproken te hebben. Ik begin er aan te twijfelen of hij hem ooit ontvangen heeft.

Onze kinderen wonen in Gdynia, een haven die aan de Baltische Zee in aanbouw is en waar Bennek een betrekking heeft gekregen.

Mijn vrouw vindt nu en dan in huis nog kleine voorwerpen die haar toebehoren, maar die Adele verzuimd heeft in haar koffer te pakken. Zij bergt die zorgvuldig op in een lade waarvan zij alleen de sleutel heeft, zodat die rommel beveiligd is tegen Walter, Jan en Ida.

Met ongeregelde tussenpozen, nu eens twee maal in de week, dan maar eens in de veertien dagen, komt er een brief waarin uitvoerig verslag gegeven wordt van wat er omgaat

in de pas gestichte firma Bennek en Adele, wat zij aan huisraad aangekocht hebben, hoe 't er in Gdynia uitziet, dat de
koude er veel strenger is dan bij ons, dat Benneks ouders uit
Posen zijn overgekomen, wat ginder goedkoper is dan in
België en andersom.

Mijn vrouw schrijft lange brieven terug om haar zo goed
mogelijk op de hoogte te houden van ons doen en laten en
zendt haar postpakketten met artikelen die ginder te duur of
niet te krijgen zijn.

En stilaan begon over haar een nevel te vallen toen er met
nieuwjaar een brief gekomen is met de boodschap dat zij
tegen Pasen een kind verwacht.

En toen zijn de poppen aan 't dansen gegaan. De naai-
winkel was nog diezelfde avond weder volop in actie en er
wordt haakwerk geproduceerd als voor een heel regiment
kabouters. Het wit, roze en hemelsblauw verlichten onze
huiskamer zodat er geen bloemen meer in nodig zijn. Overal liggen hemdjes, sokjes, mutsen en manteltjes, nauwelijks
groot genoeg voor een flinke pop. Ieder voorwerp wordt
minstens op een half dozijn exemplaren gemaakt en op 't
eind van de week pak ik de afgewerkte voorraad zorgvuldig
in en hij gaat met de post naar Polen als monster zonder
waarde. Dat verpakken vertrouw ik aan niemand toe, want
ik geloof zeker dat niemand mij dat nadoet. Adele schrijft na
een week of zes dat zij last krijgt met de douane die 't verdacht is gaan vinden.

Mijn vrouw heeft mij gepolst over een reis naar Polen,
maar is tot de conclusie gekomen dat het beter is dat zij gaat
als het kind geboren is, want zij weet bij ondervinding dat
een vrouw vooral hulp behoeft als zij weder op de been is
gezet, als het kind zuigt en huilt en de pot niettemin gekookt
moet worden. Zolang zij daar ligt wordt zij wel geholpen.

Volgens de laatste berichten van Adeles hand is het nog
een kwestie van uren. Zij zit in een kliniek te wachten tot dat
kind het goed vindt.

De ongerustheid is hier zo groot dat de fabricatie voorlopig gestaakt is. Niemand durft vragen waarom.

En toen is er een telegram gekomen: Jongen, alles wel.

Wat mijn vrouw gedaan heeft weet ik niet, maar ik ben direct naar de Keizer gegaan en heb er met de vrienden een stevig glas op gedronken. Toen ik 's nachts om één uur thuis kwam hoorde ik dat onze naaimachine nog volop in werking was. Ik heb de deur stilletjes opengemaakt en gevraagd of grootmoeder nog niet naar bed ging. Zij stopte even, keek mij aan door haar nieuwe bril en trapte dan weer door.

XIX

Nu zitten wij hier op bijzonderheden te wachten. Het uitblijven maakt mijn vrouw volkomen onhandelbaar en ik geloof dat ik eens flink op de tafel zal moeten slaan.

Eindelijk dan een brief uit Polen. Een brief van ons kind. En een dikke. Ida, die hem binnen brengt, zwaait er mede als met een vlag. Hij wordt aan mijn vrouw ter hand gesteld en iedereen voelt dat het zo hoort. Zij gaat zitten en sleurt er dadelijk het omslag af als een wolvin de huid van een prooi en begint hardop te lezen, want zo lang wachten doen wij niet. Walter, Jan, Ida en ik staan in een halve kring om haar heen. Ida leest mee, bij wijze van controle, want wij willen niet verneukt worden.

'Liefste Ma.'

Natuurlijk is de brief aan haar moeder geadresseerd. Aan mij wordt ginder niet eens gedacht.

'Ik had je reeds lang kunnen schrijven, maar ik was te lui, te zielsgelukkig. Ik stelde maar steeds uit, al weet ik dat gij allen ongeduldig op nieuws wacht. Reeds de tweede dag was ik even begonnen, maar daar ik niet rechtop mocht zitten was ik na de eerste bladzijde totaal op. De nonnen zegden dat het van 't schrijven was. Nu gaat het beter.

Gij wilt natuurlijk alles weten en ik moet dus goed nadenken want het is voorbij en reeds bijna vergeten.

't Was in de nacht van dinsdag op woensdag dat ik de eerste verdachte tekens gewaar werd. Ik was echter zo overtuigd dat het pas in maart zou gebeuren, dat ik dacht dat het iets anders was, dat wel over zou gaan. Ik probeerde te slapen, maar dat ging niet. Tegen de morgen begon ik te twijfelen. Alle kwartieren zo'n halve minuut van diezelfde pijn. Dat kan niets anders zijn, dacht ik. En zo bleef het tot wij opstonden. Ik zei aan Bennek dat hij in 't voorbijgaan gauw even in de kliniek moest aanbellen om te vragen of er een kamer gereed was. Hij kwam tien minuten later terug om te zeggen dat de baker dadelijk zou komen om te kijken of het zo'n haast had. Dat mens kwam binnen, ontzaglijk chic. Bontmantel, rode zijden blouse, gepoederd en permanent gegolfd.'

'Hoe vind je die baker,' zegt Ida.

Wij sissen om stilte en ik leg haar met een autoritaire blik het zwijgen op.

'Zij pakte mij bij de arm en begon mij uit te vragen: hoe oud ik was, of het mijn eerste kind was en meer van die aard. Zij heeft mij dan onderzocht en dat verwenste wijf verklaarde, dat die pijn nog best kon overgaan. Wachten, zegde zij, want voor vandaag is het niet. Zij rekende uit en omdat het wat te vroeg kwam zou het zeker een meisje zijn. Ja, ja, bestimmt ein Mädelchen, heeft zij wel vijfmaal herhaald. Bennek, wanhopig natuurlijk, sprak zichzelf moed in. Hij probeerde bovendien mij een deel van die moed in te pompen. Een meisje is toch ook heel aardig, zegde hij. Dat kan je mooi aankleden... Die baker wist best dat het niet lang meer zou duren, maar had liever alles thuis zien gebeuren, dan wordt zij veel beter betaald. Dan rekent zij met ons en niet met die nonnen. En die Poolse nonnen kennen het klappen van de zweep. Toen zij weg was sprak ik met Bennek af dat ik het venster van onze slaapkamer sluiten zou zodra er wat gebeurde. Van op zijn kantoor kan hij dat zien. Als hij dus om de tien minuten eens opkeek kon hij nog tijdig hier zijn.

Ik heb dan mijn kamers schoon gemaakt als naar gewoonte, met het enige verschil dat ik om het kwartier even moest gaan zitten. Toen Bennek om half vier thuis kwam voelde ik al wat meer. Om vier uur nog wat meer en om half vijf nog wat meer en toen heb ik maar besloten naar de kliniek op te stappen. Ik heb mijn boeltje gepakt, nog gauw aan jullie een briefje geschreven, alles nog wat op zijn plaats gezet en om half zes deed ik mijn intrede. De negen zlotys per dag, zoals zij eerst hadden gezegd, waren er nu al dertien geworden, maar ik kon niet meer op zoek gaan naar iets anders.

Die kwartieren werden nu tien minuten en de baker kwam zeggen, dat ik bellen moest zodra het vijf minuten werden. Zij zou mij dan komen halen. 't Werd negen, tien, elf uur. Meer en meer pijn, maar nog steeds niet om de vijf minuten. Om twaalf uur ben ik dan toch naar een apart zaaltje verhuisd. Ik heb afscheid van Bennek genomen, als voor een lange reis.

Ik lag in die operatiezaal op een hoog hard bed met een heel klein hoofdkussen. En op dat bed heb ik ellendige uren doorgebracht. Je moet weten dat men hier nooit een dokter roept als het niet hoog nodig is. In normale gevallen, wordt alles door die baker gelapt. 't Werd één uur, twee uur, maar die bandiet wilde niet komen. Wat die lamme teef betreft, die had zich in een warme deken gehuld en was naast mijn bed in een zetel in slaap gevallen. Ik zette anders al een hoge keel op, maar dat stoorde haar niet. Om het half uur trok zij even één oog open en sliep dan weer in. Geen mens om mij eens te laten drinken of mijn gezicht wat op te frissen.'

'Waarom ben je ook niet gegaan, ma,' zegt Ida verwijtend, 'je was misschien nog op tijd gekomen.'

Ik zeg nogmaals dat zij zwijgen moet, want het is nu 't moment niet om mijn vrouw wat dan ook te verwijten.

Daarmede kan gewacht worden tot morgen. En in ieder geval is dat mijn werk en niet dat van een bakvis.

Mijn vrouw is niet in staat verder te lezen en ik neem de brief over.

'Ik moest telkens drie of viermaal roepen voor zij wakker werd, mij een slok water gaf en een natte handdoek op mijn gezicht legde. Die handdoek was heerlijk. Tegen half drie vroeg ik of het nog lang zou duren. Zij geeuwde, keek op de klok en zegde "nog een uur of twee". Vooruit, zei ik, schep moed. Ik weet dat ik dikwijls om je geroepen heb en telkens als mijn wil mij begaf dacht ik er aan dat jij dat zesmaal hebt doorgemaakt, en dan beet ik eens flink op mijn tanden. Gelukkig waren die twee valse er uit. Om vier uur nog niets. De baker sliep steeds vaster. Ik geloof, dat mijn gebrul haar in slaap wiegde. Om vijf uur kwam zij weder eens overeind. "'t Is een zwartkopje," verzekerde zij. Zij gaf mij twee teugels in handen, die aan 't voeteneind van 't bed vastzaten. Zo zou het beter gaan. En toen sliep zij weer in. Ik had medelijden met mijzelf. Zo moederziel alleen. Als Ida ooit trouwt en een kind koopt, dan kom ik er voor naar huis. Om zes uur kreeg ik haar wakker en vroeg haar de dokter te ontbieden, wat zij met weerzin deed.

Hij kwam naast mij zitten, vroeg zacht hoe lang ik daar al lag en spoot mij iets in. Morfine zeker. En toen gaf hij mij nog wat ether. Niet veel, precies genoeg om mij wat op te knappen. Hij was erg lief. Iets zeldzaams voor een dokter, geloof ik. Hij stond achter mijn bed en hield mijn gezicht tussen zijn handen. 't Werd zeven uur, half acht, maar mijn zwartkopje scheen geen haast te hebben. Ik hoorde dat de dokter met de baker sprak en er toe besloot mij te chloroformeren, waarop hij zich verwijderde, zeker om iets te gaan halen. Op dat ogenblik bereikte de pijn haar hoogtepunt. Tot in de toppen van mijn vingers voelde ik tintelingen. Toen zegde ik tot mijzelf: nu wil ik dat hij komt. En ik deed een laatste poging. Een, twee, drie en wip, daar was hij, als bij toverslag. Ik kon mijn ogen niet geloven. Aan mijn voeten zag ik waarachtig iets spartelen en op 't zelfde ogenblik zette hij zijn strot open. Ikzelf ben dan aan 't huilen en aan 't lachen gegaan. En toen zei de baker dat het een dikke jongen was. Dat was het toppunt. Al die ellende en al die pijn waren vergeten en ik hield een waakzaam oog op de baker om goed te zien wat zij met mijn brullende zoon uitvoerde. Ik werd nu op een bed met wieltjes gelegd en zo naar mijn kamer gereden. In 't portaal stond Bennek. Die had daar, och arme, acht uur staan wachten.'

'Dat is misschien een wereldrecord,' zegt Jan. 'The world record of waiting.'

'Ik wilde mijn zoon nu eens zien en een verpleegster legde hem in mijn armen. Ik kon haast niet geloven dat het *mijn* kind, *mijn* zoon was. Iets ongehoords vind ik. Hij heeft een heel klein mondje en een breed plat neusje. Benneks neus, dunkt mij. Allen zeggen hier dat hij zeer muzikaal zal zijn. Dat zien zij aan de kronkels in zijn oren.

In 't begin zag hij rood, één dag geel en nu als een roos. Hij wordt met de dag mooier. Al de kinderen slapen hier in één kamer. Op 't ogenblik achttien. 't Zijn echte booswichten. Als er één een keel opzet, dan brullen zij na vijf minuten allen te zamen. De baker zegt dat hij orkestmeester speelt. Hij begint en de anderen stemmen in.

De eerste twee dagen heeft hij mij veel verdriet gedaan, want hij wilde of kon niet zuigen. Om de drie uur draaide ik een deuntje af, zo'n verdriet deed het mij dat die worm niet wilde eten. Pas toen hij de eerste maal zoog voelde ik mij voorgoed moeder. Zo je eigen kind te bezitten is toch wel de grootste schat op aarde.

Ik hoop zaterdag naar huis te gaan, want ik heb er hier genoeg van. Als jij nu nog spoedig kwam, dan was mijn geluk volledig.'

Mijn vrouw is opgestaan, heeft haar mantel aangetrokken en is aan 't lopen gegaan voor een Poolse pas en ik heb zelf geïnformeerd wat de beste en goedkoopste weg is om Adele te bereiken. Op die brief paste geen ander antwoord.

XX

Onze monteur is ginder heelhuids aangekomen en heeft dadelijk met vaste hand de leiding van die ellende genomen, want nu blijkt dat op die eerste geestdrift van Adele een reactie is gevolgd toen zij thuiskwam en aan de oude romp-slomp weder het hoofd moest bieden.

Wij krijgen iedere week een brief. Het schijnt dat de benen van Adele nog slechts bezemstelen zijn en waar haar buik was is nu een put. Zij valt voortdurend om. Mijn vrouw heeft haar uit die kliniek gehaald, waar pas een kind gebaard was met een zeehondekop. En dat vervolgde haar. Zij was bang dat iemand haar schat tegen die zeehond ruilen zou. Bennek heeft haar zelf in de kliniek naar beneden en thuis naar de derde verdieping gedragen, zo zwaar weegt zij nog.

Onze kleinzoon is een bloem, maar een gulzigaard. Waar andere kerels van veertien dagen een half uur voor nodig hebben, dat verwerkt hij in tien minuten. Hij kan tot in zijn gezicht piesen en ziet er uit als een knul van twee maanden.

Zijn naam is Jan. Hij is zo genoemd naar zijn zestienjarige oom.

Gedoopt met tien van zijn lotgenoten was hij de enige die sliep. De anderen brulden maar. Hij is dus zeer veranderd sedert hij in zijn kliniek aan 't hoofd stond van die belhamels.

Hij heeft blauwe ogen, wat mijn kinderen niet meevalt want die hebben er grijze, maar ik stel ze gerust met de verzekering dat die kleur verandert en dat alle kinderen met blauwe kijkers geboren worden. Na enkele weken schrijft mijn vrouw dat hij al glimlacht. Als Jan binnenkomt schreeuwt Ida hem dat nieuws in de gang tegemoet en zij vertelt het aan al die 't horen wil. Ikzelf vind het erg vroeg voor een kind maar durf geen uiting geven aan enige overweging, waar ook maar een zweem van twijfel zou inzitten. Daarop komt het bericht, dat hij aan darmontsteking geleden heeft, met groene afgang, maar dat heeft hij in een recordtijd triomfantelijk doorgebeten. 't Begin van die brief wordt onthaald op een veelstemmig 'och arme' en 't slot op een donderend 'hoera'.

Ons eigen gezin loopt natuurlijk mank. De bedden worden ééns in de week gedekt en aan schoenen poetsen wordt niet veel meer gedaan. Ieder van ons rekent op de anderen en zo blijft alles liggen. Er ontbreken reeds een hoop kleinigheden waarvoor wij Ersatz gebruiken, zoals veters, closetpapier en dergelijke. Gelukkig komt Sophie nog al eens koken, wat wel bewijst dat zij niet zo kwaad is. Zonder haar geraakten wij nooit aan middageten. Wij leven vooral van sardines en eieren. Als ik aan mijn vrouw vraag wanneer zij terugkomt, dan antwoordt zij dat Adele nog niet helemaal opgeknapt is. En wat anders kunnen wij telkens doen dan weder met nieuwe moed een nieuwe week beginnen.

Wij hebben foto's ontvangen, die ons een eerste idee geven van wat Jan eigenlijk is. Moeilijk te beoordelen, want wij zien meer doeken dan vlees. Maar hij moet er goed uitzien, dat kan niet anders. Ikzelf heb trouwens geen portretten nodig. Ik zie hem zó.

Na drie maanden is mijn vrouw eindelijk teruggekeerd. In de trein had zij nog gauw een manteltje en een paar kousen gehaakt. Wij zijn haar gaan afhalen en hebben het heuglijke nieuws vernomen dat Adele met haar zoon de grote vakantie bij ons aan zee komt doorbrengen. Voor Bennek zal het hard zijn, maar hij schijnt dat voor ons toch over te hebben. Hij gelooft misschien dat wij vanaf de eerste dag op hem gebouwd hebben zoals zijn vader op Rome. Ik heb veel aan mijn schoonzoon goed te maken.

Thuis hadden wij alles zo goed mogelijk geschikt, maar toen mijn vrouw binnenkwam en haar woning overzag heeft zij ons om beurten de huid volgescholden, Sophie inbegrepen. Zij heeft dan de voorraad aangevuld, alles onderstboven gezet en is een grote schoonmaak begonnen. Met één woord, zij heeft het raderwerk gesmeerd en nu draait het weer.

Zij spreekt over niets anders meer dan over Jan II en haar lange verhalen geven een beter beeld dan alle gemaakte en nog te maken foto's. Als je dat zo hoort dan moet dat een kerel zijn.

XXI

Mijn gezin is weer aan zee, ditmaal voor de grote vakantie. De noordenwind heeft zijn deel gehad en zit nu thuis. De zon draait in een grote cirkel over ons heen, de bijen en bromvliegen blazen op hun mirliton en Stekelorum, die achter die kruiwagen mest liep, staat in zijn zwart pak voor de deur van zijn pension en zendt voortdurend zijn glimlach over de baan in de richting van de tram, vanwaar de stedelingen moeten aankomen.

Over een uur zal Jan II hier zijn. Walter is Adele in Oostende gaan afhalen, want die heeft zeker valiezen. Ik ben echter hier gebleven, omdat ik Jan niet voor 't eerst in een station ontmoeten wil.

Ook ditmaal ga ik in de Vogelzang een glas bier drinken, anders konden zij denken dat er tussen ons iets wringt.

De vloer is enigszins van zijn winterspuug gereinigd en de baas is gewassen. Zulma is verdikt, dunkt mij. Ufrazie, Albertje en Elisabeth wandelen als pauwen voor de deur, ieder in een nieuw pak. Mijn vrienden vloeken nog wel, maar toch iets minder, wegens de badgasten. Ik betaal mijn klassieke ronde maar kijk ditmaal op de klok want ik wil niet dat

Jan in die kroeg naar mij toe wordt gebracht als om aan de Moloch geofferd te worden, onder 't oog van de dronken jongens van de streek.

Als het tijd wordt ga ik naar huis en wandel ongezien de tuin in. Heel achteraan heeft onze student zich geoefend in landbouw. Zijn kinderen staan in bonte wanorde door elkander: zonnebloemen als wagenwielen zo groot, snijbonen waar geen eind aan komt, nederige aardappelen, keurig gecoiffeerde sla, erwten die pas in augustus in bloei staan en waar boertje Costenoble soms hoofdschuddend op staat te kijken.

Vanuit de bonen kan ik het huis bespieden zonder dat iemand mij zien kan. Hier sta ik nu. Kwam er aan die heerlijke verwachting maar nooit een einde.

Opeens staan mijn ouders aan mijn zijde en kijken mij aan. Ik neem mijn pijp uit de mond maar durf hen niet begroeten, want ik heb indertijd mijn aandeel gehad in 't breken van hun harten. Zij spreken mij toe. Samen hebben zij nog slechts één stem:

'Zie je wel, jongen, dat er nog goede dagen komen? Laat ze allen trouwen. Laat ze alles medenemen. Als zij maar kinderen verwekken die je verkleumd hart zullen opwarmen.'

Daar klinkt gejuich als op een voetbalmatch en ik zie Walter die met iets wits op de arm triomfantelijk naar de anderen toegaat. Ik voel het bloed naar mijn hart stromen. Vader en moeder zijn verzwonden.

Halleluja! mijn Verlosser is gekomen. Hij zal mij met mijzelf verzoenen en mij genezen van al mijn kwalen. Door hem zal ik wedervinden waar ik radeloos naar zoek in het zand.

Mijn vrouw, Jan en Ida vliegen op hem af. Een spektakel als toen bij dat huwelijk, telkens als er een geschenk binnenkwam.

Al snak ik naar hem, toch blijf ik tussen mijn bonen staan,

want ik versmaad mijn aandeel in die collectieve vreugd. Ik zal met hem een Verbond sluiten en daar is niemand bij nodig. Mozes óók was op de berg met Hem alleen.

Mijn vrouw kijkt rond alsof ze mij zocht. Ik hoor haar iets zeggen en zie dat Jan aan 't rennen gaat. Dat is een estafette voor de Vogelzang.

Nu is mijn tijd gekomen. Ik werk mij los uit het groen en wandel rustig op hem toe. Zijn grootmoeder draagt hem op de arm en Adele, die mij ziet aankomen, groet mij niet eens. Zij heeft mij begrepen en houdt een oog op ons eerste contact zoals zij in die kliniek een oog hield op de baker toen die het waagde haar pas gebaarde zoon aan te raken.

Zo staan wij dan tegenover elkander. Hij heeft oogjes en een neus als een doodgewoon kind, maar ik weet wel beter. Hij kijkt mij rustig aan, steekt aarzelend zijn handjes uit en komt op mijn arm te zitten.

'Neem een doek,' zegt mijn vrouw, maar wij zijn reeds op weg.

Wij wandelen de tuin door, hij zonder te huilen, ik zonder spraak. Op Walters veld wordt hij door onze mussen begroet. Ik blijf staan en zeg 'Tsjip'. En in zijn mondhoeken ontluikt een glimlach.

Ja jongen, voortaan heet jij Tsjip. Je komt mij hier ontzetten uit mijn hoofdrol en dan mag ik je wel herdopen, vind ik.

Ik ga met hem rond en toon hem al dat moois: de zonnebloemen, de bonen, de erwten en de aalbessen. Zelfs de aardappelen worden niet vergeten. Zijn linkerhandje ligt in mijn hals en met het andere pakt hij naar het groen, naar de bloemen en naar mijn neus.

Als hij hem eindelijk beet heeft is ons verbond gesloten. Tsjip en ik zijn gezworen kameraden. Samen zullen wij door dik en dun gaan, ik voorop. En ieder krijgt zijn werk. Terwijl ik de doornen kap kan hij de bloemen plukken. Langs de baan zal ik hem onderrichten: dat hij veel doen moet van wat ik heb nagelaten en veel nalaten van wat ik heb gedaan; dat hij de gevulde hand moet afstoten; dat hij niet bukken mag voor 't geweld, juichen noch rouwen op bevel van de machthebbers. Dat hij moet opstappen met de verdrukte scharen om vorsten en groten tot brij te vertrappen. Ik zal met hem het lied der bevrijding aanheffen en zo bereiken wij samen het land waar die gouden vogel jubelt, véél hoger dan de leeuwerik. Zijn blik zal de boze bedaren; voor rotswanden zal hij de bazuin steken. Geen drek, geen tranen die ons stuiten, want ik zal waden en hij zit op mijn schouder.

En mocht ik ooit mijn lieve vrouw verliezen, dan trek ik naar Polen met pak en zak. Ik zal daar, als het moet, de boodschappen doen en de schoenen poetsen en voor Tsjip als een hansworst op mijn hoofd gaan staan. Want ik ben bereid afstand te doen van alles in ruil voor de ademtocht van dat jonge leven, voor de geur van die ontluikende roos.

Antwerpen, 1933

Achter de schermen

Ontleding van de inleiding tot Tsjip

I

Mijn dochter is getrouwd en heeft ons verlaten. Nog steeds
zie ik mijn vrouw zoals zij naast mij stond toen Adele heen-
ging om de man te volgen. Haar alledaags gezicht vertrok
tot een masker dat lilde als onder de striemen van een
zweep. Ja, zij wil blijven zogen tot onze laatste dag. Maar
een hoos heeft ons uiteengejaagd: dat meisje de baan van het
moederschap op en ons beiden weer naar de oude haard toe
waar dat smeulend leven moet voortgezet. Toen echter die
jongen voor onze voeten gelegd werd, toen is mijn oude
bedgenoot aan 't stralen gegaan als had zijzelf gebaard en in
gedachten bracht zij de hand aan haar blouse, als om die los
te knopen. Haar sloffen werd opnieuw een getrippel en haar
geklaag een hooglied. En ikzelf heb mij opgericht als om tot
grote daden over te gaan.

Ik moet die beroering boekstaven, want voor ons is het
misschien de laatste geweest. En nog wel met spoed, vóór de
eindelijke versuffing haar greep op mijn geest heeft gelegd.
Want ik loop naar de zestig.

II

Ik ben weer eens vast overtuigd dat dit mijn laatste geschrijf
zal zijn. Het gaat immers niet aan, voor iemand die vrouw
en kinderen ten laste heeft, zich telkens af te zonderen om de
leden van zijn gezin en zijn eigen binnenste vanuit een hoek
te gaan bespieden en ze een voor een onder het mes te nemen
om uit hun bloed voor vreemden een filtraat te bereiden.
Mijn plicht gebiedt mij op de brug te blijven in plaats van af
en toe te komen kijken of het schip nog drijft. En moet ik na
zo'n geploeter niet telkens weer gluiperig in mijn huiskring
plaats nemen, als een die niets ontheiligt, die niets op zijn
geweten heeft?

Verduiveld, dat zou geen slecht begin zijn. Mijn poëtische bevliegingen zal ik voorstellen als het bereizen van een vreemd land, waarvan de lokstem mij komt tergen als ik vreedzaam bij onze kachel zit. Een land vol heerlijkheid dat mij toch geen voldoening geeft, zeker omdat er geen voldoening in mij te krijgen is. Ontevreden geleefd, ontevreden sterven.

Ik kon de eerste zinnen nu wel neerzetten, dunkt mij. En ik begin:

Ik kom thuis van een reis en vind alles voor mij gereed staan. Vrouw en kinderen hebben gedaan alsof ik niet weg was geweest en mijn vrouw heeft mijn souper opgediend. Punt. Ik herlees en ga aan 't huiveren voor die banaliteit. Zo iets kan geen mens schelen, dat staat vast. Zoals zij daar staat is het een reis geweest naar Brussel of hoogstens naar Parijs, want van hier uit is Brussel niet eens een reis. Maar zeker is het geen reis geweest naar dat heerlijke land. Ik zal dus liever thuis komen van *die* reis, je weet wel, of beter nog van *de* reis, dus van de reis bij uitnemendheid.

Maar waarom ben ik zo plotseling op reis gegaan? Doe ik dat soms meer? Natuurlijk, dáár zit hem de knoop. Eén reis kan geen kwaad en valt niet op, wel dat stelselmatig trekken, alsof het een plicht was. *Voor de zoveelste maal kom ik thuis van de reis.* O.K. Nu is dat geen reis naar Parijs meer, want wat zou ik daar voortdurend gaan uitvoeren? Nu is het een rare reis, een tocht naar een vreemdsoortig oord en voor de lezer durf ik hopen dat hij nu geen aardrijkskundig preciseren meer verwacht.

En vind alles voor mij gereed staan.

Hum. Die alles is erg overdreven. Alles roept geen enkel beeld op. Alles of niets is precies hetzelfde. *Wat* staat er eigenlijk gereed of beter nog wat behoorde gereed te staan indien mijn gezin een sterke tegenpartij was. Dingen natuurlijk die mij reeds bij 't binnenkomen duidelijk maken dat zij geen ogenblik gevreesd of gehoopt hebben dat ik lang zou uitblijven. Een stoel is zeker geschikt. Verder een tafel en een bed, klaar om mij te ontvangen, de tafel voor de kauwpartij en 't bed om een eind te maken aan die grap. Eindelijk mijn pantoffels en nog wel bij 't vuur om mij goed in te prenten dat dit de plaats is voor een man op jaren met een gezin op zijn geweten. Wat heeft zo'n astmalijder van doen in gindse land waar misschien wel bordelen zijn maar zeker geen behoorlijk vuur noch dito pantoffels. Dus: *En weer staat mijn stoel gereed, tafel en bed gedekt, pantoffels bij 't vuur, alsof ik iedere dag verwacht werd.* Want zij *hebben* mij verwacht, de smeerlappen.

Vrouw en kinderen hebben gedaan, alsof ik niet weg was geweest. Dat gedaan staat mij tegen. Er zit een gemene truc in, want het dient slechts om mij te verlossen van 't zoeken naar wat zij werkelijk gedaan hebben. *Wat* hebben zij gedaan? Zeggen kerel, als je kunt.

Laat ik mij even afzonderen: ik maak stilletjes de deur open en schuif binnen. Dan zeggen mijn kinderen, uit gewoonte, beleefd goede dag, want ook een dolende hond van een vader blijft toch je vader. Beleefdheid voor alles. Als je iemand aantreft in een onbehoorlijke houding, dan doe je nog of je hem niet ziet. Dus hebben zij 'dag vader' gezegd. Of beter nog 'dag Pa', want 'dag vader' is wel erg theatraal. Op zo'n 'dag vader' zou alleen een somber 'dag kinderen' kunnen volgen en nog wel met gefronste wenkbrauwen. En ik ben allerminst van plan op een melodrama aan te sturen. Zou ik die 'dag' niet samen met die vader over boord flikkeren? Dus 'Pa' in stede van 'dag Pa'? Natuurlijk. Pa kan immers niets anders betekenen dan dag Pa? Pa alleen is trouwens huiselijker, inniger, vertrouwelijker, minder vermoeiend en minder gedwongen. Iets als 'schipper!' of het gemoedelijke 'bakker!' van iedere ochtend.

Mijn kinderen hebben heel gewoon 'Pa' gezegd en mijn vrouw heeft mijn souper opgediend.

Bij nadere beschouwing steekt dat souper mij tegen. Als zo'n recidivist in het dolen recht heeft op een souper, dan kan men onze poedel óók laten souperen. Trouwens, al was het voorgezette in substantie werkelijk een souper, ook dan nog zou ikzelf bij zo'n terugkeer weigeren te souperen. Ik kan hoogstens eten en daarmee uit. Maar ik weiger beslist tot ritueel souperen over te gaan. Wie zich schuldig voelt kan immers niet nalaten bovendien nog te manifesteren? En een die betrapt wordt bij een verkrachting, of zo, kan voor 't zelfde geld gerust eens uitvloeken. Dat maakt de schanddaad niet erger. Het staat hem zelfs beter dan zo'n schijnheilig gezicht.

Mijn kinderen hebben heel gewoon 'Pa' gezegd en mijn vrouw heeft mijn eten opgediend.

Dat schijnt mij nog steeds niet geheel in de haak. Wordt een souper opgediend, met eten is dat niet het geval. Eten wordt gegeven, voorgezet of genomen. Bovendien komt het op het eten zelf minder aan, want dat zo'n thuiskomst eindigt met eten en naar bed gaan, dat spreekt toch vanzelf. En ik ben toch op zoek naar dingen die *niet* vanzelf spreken. Mij dunkt dat mijn vrouw iets zeggen moet, wat dan ook, anders zou haar aanwezigheid op de scène niet gerechtvaardigd zijn. En als zij volkomen zweeg dan zou zij mij ook zeker niets voorzetten. Zij kon dus vragen *eet jij?* Of beter nog *eet jij soms?*, want dat soms sluit in dat zij aan een positief antwoord evenmin waarde hecht als aan een negatief.

Neen, zij behoorde iets anders te zeggen. Iets dat treft als een mokerslag. Iets waardoor ik pas recht tot het besef kom dat ik werkelijk thuis ben aangeland en niet in een of ander prieel van gindse land.

Ik denk opeens aan de restanten waaruit onze soupers gewoonlijk bestaan en besluit er toe een beroep te doen op een paar specialiteiten die de huiselijke sfeer sterk evoceren. Iets waarvan de lucht het hele huis doordringt. Haring misschien? Wel zeker, die haring is goed. Bovendien nationaal.

En in gindse land krijgt men geen haring en al kreeg men er haring, men zou het ruiken noch proeven, want de gewoonste dingen zijn er zo heel anders. Zodra iemand in haring weer haring proeft is hij reeds op de terugweg naar de haard.

Nu nog een tweede gerecht om een keus mogelijk en de vraag logisch te maken, liefst iets dat niet ruikt maar walgt, want die ene stank is voldoende. Nieren? Maar als die klein zijn en met sluwheid klaargemaakt. Dan merk je 't niet eens, zeker niet op een toneel.

Neen, geen nieren. Groter, hoger op! Laat nog meer kandidaten aantreden. Niemand moet verlegen zijn, al zwemt hij in zijn vet of al druipt hij van 't bloed.

Wie is die bleke daar, met zijn krulhaar?

'Hersens.'

Walgelijk genoeg. Maar de regisseur vindt het ongewoon op een huiselijke tafel. Meer iets voor een restaurant.

En die dikke, die door zijn knieën zakt?

'Lever.'

Ja, lever is goed. Lever van een oud beest, als die te krijgen is. En meteen ligt een bruine massa voor mij, middendoor gesneden bij wijze van referentie, zodat ik inzage krijg in die ingekankerde gaten die als zoveel oogholten zijn.

Lever en nieren misschien? Maar dat is een pleonasme, want zij komen uit dezelfde buik, waar zij buren waren. Neen, ik laat mijn haring niet los. Haring en lever. Of liever lever en haring, want die A-klank is beter voor de stembuiging bij 't laatste woord.

Met lever en haring is die vrouw tenminste gewapend. Zij kan mij nu de volle laag geven. *Mijn kinderen hebben dus heel gewoon 'Pa' gezegd en mijn vrouw heeft gevraagd wat ik verkoos, lever of haring.*

Wat kan iemand nu in 's hemelsnaam op zo'n vraag antwoorden?

Niets. Want die vraag *is* geen vraag. Wanneer men iemand bij zijn thuiskomst geen andere keus laat dan tussen lever en haring, dan heeft dat quasi vragen slechts voor doel beide afschuwelijke dingen nog eens helder bij hun naam te noemen opdat hij die aan 't eten gaat goed zou weten waar hij aan toe is. Hij kon nog wel eens met één voet in gindse land staan en denken dat die lever geen lever is, maar een grap. To be hung by the neck is niet voldoende, maar to be hung by the neck until death follows. Goed zo. Nog gauw even lekker walgen voor ook die portie lever tot het verleden behoort. Neen, een vraag is het niet. Het staat hoger. Als men vuil van de kat in de kamer vindt dan wordt ook haar gevraagd of zij dat gedaan heeft. En meteen wordt zij er ingewreven, zonder dat op enig antwoord wordt gewacht.

Dus: *ik heb niet geantwoord.* Toch dient hier misschien gezegd *waarom* ik gezwegen heb, want op die vraag, die geen vraag was, kon ik best antwoorden met iets dat geen antwoord is. Met *verrek* bij voorbeeld. In 't leven plat en brutaal zou het in dit literair landschap zeker passen. Scheldt Othello die schat niet doodgewoon voor hoer?

Het stellen van dergelijke vragen stemt mij echter zo verdrietig dat ik bang ben voor mijn eigen stem. Want klinkt die neerslachtig, dan jubelt de tegenstander. En klinkt zij vals dan schaam ik mij dood. Ik heb dus niet geantwoord omdat ik niet kiezen kon tussen een neerslachtig maar oprecht antwoord in 't bijzijn van die lever, en een dat sist of snauwt maar mij onvoldaan zou laten zitten. Dus *omdat ik de moed niet had mijn eigen stem aan te horen.* Als ik niet antwoord moet ik iets doen, of het publiek verlaat de zaal. *Ik heb dus maar een stuk van die lever genomen.* Neen geen lever meer, in Gods heilige naam. Trouwens, waarom lever en geen haring? Waarom die haring achter gesteld? Goed. Haring dan. Maar wat dan met die lever, die mij nog steeds aankijkt met al die ogen. Neen. Weg er mee. Ik heb jullie heel even nodig gehad als een bloedrode vlek in een grisaille, maar blijft mij van het lijf. Vade retro, satanas. Good bye to both of you. En wel te rusten. Er stonden immers nog andere dingen op tafel? Als mijn vrouw alleen die twee bij name genoemd heeft dan was het omdat alleen die twee in staat waren het publiek in de zaal te schokken, de haring door die lucht en de lever door die ogen. Verwacht het publiek geen emotie voor zijn geld? Trouwens, weet een mens wat hij in zo'n stemming eet? Als hij daar zit met een brok in de keel dat bijna niets doorlaat zodat alles een zelfde grijze smaak heeft? Niet alleen wil ik niet antwoorden, ik wil niet eens weten wat ik eet. Als dat kon zou ik zelfs niet willen weten dat ik überhaupt aan 't eten ben. En vooral vrees ik door een keus op de tafel te laten blijken dat het thuis zijn volkomen tot mijn bewustzijn is doorgedrongen en mijn tevredenheid wegdraagt. Ik wil daar nog wat zitten als zat ik in een droom. Als ik in mijn rug het meevoelen van 't publiek gewaar word, dan pas kom ik in beweging en neem zo maar iets.

Ik heb dus de hand uitgestoken naar wat het dichtst bij stond en zwijgend gesoupeerd.

Neen, alsjeblieft niet. Geen souperen op zo'n plechtig ogenblik. Soupeert men na 't begraven van vrouw of kind? Zich bezuipen zou nog gaan.

En zwijgend gegeten?

Ook niet. Spreekt vanzelf. Als ik eenmaal zo ver ben dat ik de hand naar iets uitgestoken heb, dan moet daar immers op volgen dat ik aan 't eten ga. Kan ik daar roerloos blijven staan met dat voedsel in de hand? Hoeft dus niet gezegd. Welnu dan, *ik heb zwijgend mijn maag gevuld.*

Goedgekeurd. Het vullen van die maag bij wijze van souper, is een verdiende straf voor dat dolen. En die maag, ook al is het de mijne, herinnert mij nog heel even aan die lever die, na zijn taak vervuld te hebben, reeds wegdoezelt in de achtergrond.

Dus: *heb ik de hand uitgestoken naar wat het dichtst bij stond en zwijgend mijn maag gevuld.* Zo is het. En ter wille van de poëzie zal ik maar verzwijgen dat het mij gesmaakt heeft.

Zij schijnen geweten te hebben dat ik terugkeren zou en dat vind ik vervelend. Maar had ik mij boos gemaakt dan zou ik, om logisch te zijn, weer hebben moeten opstappen.

Alweer een gruwel, zoals het daar staat. Neen, man, zij *schijnen* dat niet geweten te hebben, zij *wisten* het. Zij waren er *zeker* van. Zij waren er *gerust* in. Zij hebben je door. Dat dolen behoort tot je onschadelijke excentriciteiten, waar zij al jaren pret in hebben. Ik zit nog niet aan tafel of zij kaarten reeds verder.

Hun gerustheid, hun zekerheid dat ik ook ditmaal terugkeren zou, heb ik vervelend gevonden.

Neen, niet vervelend, vriendlief. Dat woord is zo ongezouten dat het zelf vervelend is. Ik zou het misschien vervelend gevonden hebben indien zij een ogenblik hadden gedacht dat ik nooit meer terugkeren zou, dus dat ik stapelgek geworden was. Maar hun gerustheid, hun zekerheid heeft mij *beschaamd* en *diep gegriefd*. Gegriefd of diep gegriefd? Gegriefd is altijd diep. Maar de regisseur laat diep toch staan, want dat leest beter zegt hij. Gegriefd is zo'n woord waaraan een lettergreep schijnt te ontbreken.

Maar had ik mij boos gemaakt.

Echt slap is dat boos. Ik kan mij boos maken als zij de kachel laten uitgaan, maar *had* ik gereageerd, wat ik niet gedaan heb, dan hadden zij wat te horen gekregen. Een storm, mijnheer. Een geloei. Een gebulder. Dus: *maar was ik aan 't bulderen gegaan.*

Nu, wat zou er op dat fameus gebulder gevolgd zijn? Stilte natuurlijk en verder niets, want ik denk er niet aan mijn huisraad stuk te slaan. Ook niet aan ranselen, want mijn vrouw is mij te lief en die jongens te sterk.

Dan had er dus niets op overgeschoten, om logisch te zijn, dan met weerzin weer op te staan.

Dat logische hangt mij de keel uit. *Onlogisch* zou dan nog beter zijn, want het logische is de haard, dus thuis blijven. Weg met de logica. Heraus. Dus: *had er niets op overgeschoten dan met weerzin weer op te staan.*

Ik zal nu maar ineens verklaren *dat het trekken mij niet meer lokt,* want ik moet opschieten.

Volkomen eerlijk is dat anders niet, want het trekken lokt mij nog steeds, al gaat die neiging diminuendo, net als mijn eetlust. Ik denk echter nu reeds aan mijn kleinzoon die aan 't slot de hoofdrol spelen moet en die mij moet opwekken tot een laatste tocht. En hoe vaster ik bij de haard geankerd zit, des te treffender zal zijn ingrijpen zijn. Doorliegen dus. 't Is hier immers een schouwburg? En in dit geval is liegen heilige plicht, ter ere van dat kind wiens pad ik reeds vanaf de eerste bladzijde effenen moet, ook al verschijnt hij pas heel achteraan, als het boeket bij een vuurwerk. Ik heb vroeger gezegd dat men van in 't begin het oog moet houden op het slotakkoord, waarvan iets door 't hele verhaal geweven moet worden, als het leidmotief door een symfonie. En ik moet koken volgens eigen recept.

Nu nog wat schmink, want zo staat die leugen daar toch te naakt. Ik zal er dus maar aan toevoegen: *dat ik vermoeid ben en het licht van gindse land niet meer verdragen kan.* Geen reactie in de zaal? Niemand die zonnebril roept? Nogmaals O.K.

Toch is het zo ongevraagd affirmatief dat een psychologische opheldering niet mag uitblijven. Ik zie echter geen kans om een leugen door uitleg tot waarheid om te werken.

Zou ik niet liever vragend vertellen, regisseur? *Ben ik vermoeid of kan ik het licht van gindse land niet meer verdragen?* Beter, dunkt mij. Net of ik verdwaasd op het toneel verschijn, de hand aan het voorhoofd, als een Hamletje. Wordt onder die opsmuk de leugen van dat trekken, dat mij niet meer lokken zou, nog door iemand ontdekt, dan stuit hij toch even later op die naïeve vraag. En omdat het een vraag is, omdat hij dus mijn lot in handen krijgt, zegt hij allicht ja. Want al jouwt hij gaarne, toch draagt hij liever niet de verantwoordelijkheid voor 't vallen van 't scherm. Zelf ben ik echter nog niet voldaan. Om twijfel verder uit te sluiten, al twijfelt nu niemand meer behalve ikzelf, zal ik er nog aan toevoegen, dat ik *voel dat van een volgende tocht niets meer terecht komt*. Voel is goed, want wat ik persoonlijk voel kan niemand controleren. Dat gaat een ander niet aan. Ik voel dat ik naar zee moet, zegt die vrouw. En die jongen voelt dat hij in dat examen niet slagen zal. Ik voel *in ieder geval* dat van een verdere tocht niets meer terecht komt. *In ieder geval* betekent 't dat ik dat voel ook al voelt een ander dat ik dat niet voel. Het sluit alle verdere discussie uit. Waarom heb je dat gedaan? Dáárom.

En zo is het goed ook.

Is het zo niet waar, dan is het zo toch goed. Als *ik* maar tevreden ben en verder zorg dat het publiek waar krijgt naar zijn geld. Toch wordt het nu tijd dat ik ophoud, of ik bewijs te veel.

Want mij rest nog maar net de tijd om eindelijk met vrouw en kinderen wat mee te leven, mij te koesteren aan de warmte van de haard en het werken voor onze oude dag die voor de deur staat.

Er zal toch zeker niemand gevonden worden die zich niet laat vermurwen door mijn nooddruft om voor die oude dag van ons aan 't werk te gaan? Dat zou onmenselijk zijn. Niemand die op de scène de erkenning blijft eisen van mijn nog steeds positief verlangen naar gindse land ook al zouden bij een volgende tocht vrouw en kinderen verhongeren, ook al zou daardoor dat kleinkind in 't hele stuk niets te doen krijgen? Men moet toch inzien dat ik, *zolang ik ginder dwaalde, mijn kinderen niet opgevoed maar van hen genoten heb, voor mijn vrouw niet gezorgd maar met haar gespeeld*. Is dat geen doorslaand argument? Het publiek moet toch meegaand zijn, anders kan ik opdoeken. Plicht gaat immers boven waarheid? Nu vindt die regisseur weer dat *met mijn kinderen gespeeld en van mijn vrouw genoten* beter is dan van mijn kinderen genoten en met mijn vrouw gespeeld. Om oprecht te kunnen spelen, zegt hij, moet minstens een van de partners jong zijn. En de zaal zou dat spelen van dat koppel op jaren niet slikken.

Nu mijzelf stevig aan de haard gemetseld om van dat kind, dat mijn boeien breken moet, een bovenaardse kracht te doen uitgaan, want daar reken ik op om 't publiek te doen opstaan. *Hier bij 't vuur, in onze kooklucht, komt het er op aan mijn plicht te doen als een doodgewoon mannetje dat ik tenslotte ben.* Dat doodgewoon mannetje is er op berekend om de beste onder de kijklustigen op dat moment te doen verklaren dat ik volstrekt niet zo doodgewoon ben, maar een hele Piet. Stel je voor dat ze mij gelijk gaven.

Nog steeds heb ik een gevoel alsof ik pensum verdien omdat het thuis blijven een beetje intempestief is geweest, niet voldoende gewettigd, alsof ik nog steeds de indruk maak dat ik daar moedwillig blijf zitten om met het optreden van dat kleinkind, dat gedaan moet krijgen wat ik van mijzelf niet meer verkrijgen kon, de toeschouwers te epateren als de boeren op de kermis met een kind zonder hoofd. Ik zal de noodzakelijkheid om thuis te blijven dus nog maar wat aandikken, want ik kan toch niet meer terug. *Dit is mijn laatste kans, want zij groeien als kool. Een heeft al een snor en een ouwelijke trek om de mond.* Is het nu duidelijk dat zij in staat zijn de kapitein desnoods aan de dijk te zetten, met of zonder pensioen en zelf het roer in handen te nemen?

Als ik mij nu niet aanpas word ik uitgestoten door mijn eigen broed, want zij zien in mijn dolen een verraad en scharen zich zwijgend om hun moeder. Zie je dat dreigend gezelschap daar staan? Dat wijf, dat tóch al beklaagd wordt door de zaal, ook al had zij geen dolende vent, omringd door die stevige jongens? Een bende kannibalen, zeg ik. En ikzelf een gevangen zendeling. Stellen zij geen zwijgend ultimatum: 'Ouwe, wat ben je nu van plan? Dolen of thuis blijven?'

En zij hebben gelijk. Zeker hebben zij gelijk. Hoe gedecideerder hun optreden, hoe vaster ik aan de haard zit en hoe heerlijker de slotscène van mijn bevrijding door dat kind. Binden, ketenen moesten zij mij, tot het publiek protesteert. Hij krijgt toch alles los, want dat is het doel van 't hele verhaal.

Zo heb ik daar dan gezeten, in die kooklucht, omringd door dat zwijgend rot, *tot ik op een heerlijke dag die schat van een kleinzoon in huis gewaar werd, die aan hun dwingelandij een eind heeft gemaakt.* Die *heerlijke* dag sluit in dat ik, als zuster Anna, naar die dag zat uit te kijken. 't Is misschien sterker dat mijn bevrijding bewerkt wordt tegen mijn eigen wil. Hoe knusser ik bij de haard zat, met of zonder ketenen, des te magischer de kracht die mij nogmaals de baan opjaagt. Heerlijk er uit, heilloos in de plaats en de zaak is in orde. Maar als ik heilloos accepteer dan heeft ook die kleinzoon, die erg officieel klinkt, een kwalificatie nodig van dezelfde kleur. *Tot ik op een heilloze dag dat mormel van een kleinzoon in huis gewaar werd.* Wel een flink mormel, mais passons. *Die aan hun dwingelandij een eind heeft gemaakt.* Kom, kom. Die grap wordt flauw. Dwingelandij? Rotten was het. *Die aan hun rotten een eind heeft gemaakt.* Volstrekt niet. *Ons* rotten, vader. Je hebt er jezelf toe geleend, vriend, om ook dat kind iets te doen te geven. En bovendien, hoe heeft dat kind hem dat gelapt? Hoe heeft hij zich voor 't eerst laten gelden? Eenvoudig genoeg, regisseur, want terwijl ik schrijf hoor ik zijn gekraai onder de tafel zodat ik mijn lompe voeten niet verzetten durf. Met zijn *gekraai* dus. En om bij dat geluid ook iets te zien te geven, voeg ik er gauw die *blote billen* bij, in de vaste overtuiging, dat die in de smaak zullen vallen. *Die met zijn gekraai en zijn blote billen aan ons rotten een eind heeft gemaakt.*

Het slot volgt vanzelf. Terwijl heel de zaal opstaat zijn mijn boeien verkoold tot as en hand in hand zijn wij opgestapt naar dat land waar die gouden vogel jubelt, véél hoger dan de leeuwerik.

't Was een uittocht zonder risico, want onder al die huisgenoten is er niet één die zijn bek durft open te doen als die jongen zijn wil laat gelden.

Bij 't herlezen komt het mij voor...

Schei uit vent. Word je niet ijl in je hoofd? Zet dat kind in zijn stoel en laat die tekst met vrede, op hoop van zegen.

Antwerpen, 1934

De leeuwentemmer

I

Liefste Walter,

Ik schrijf je vandaag opdat je weten zou dat je twintigste verjaardag niet onopgemerkt aan je vader voorbij is gegaan. Zal ik je feliciteren? Er zit anders weinig verheugends in het slaan van die jaarklok. Wat de eeuwige das betreft – ook ditmaal heb ik er niets beters op gevonden – die wordt je door je moeder in persoon ter hand gesteld en zeker niet zonder commentaren. Maar ik zeg je vooruit dat ik bijna geen schuld heb en geef je de verzekering dat mijn levenswandel vrij onberispelijk is. Wat men in de granen 'fair average' noemt. Het uiterste kan toch van mij niet verlangd worden, is 't waar of niet? Je moeder, dan, vertrekt maandag om ter plaatse te komen controleren of de zes maanden die je in Parijs achter de rug hebt je naar lichaam en ziel onaangetast hebben gelaten en of je door haar fameuze zuster verzorgd wordt zoals zij nu eenmaal vindt dat een jongen als jij verzorgd dient te worden. Je bent dus gewaarschuwd en hebt nog de tijd om je voeten te wassen, eens naar de coiffeur te gaan en je batterijen verdekt op te stellen indien aan je dagindeling ook enig gescharrel mocht te pas komen. En telkens als het over je vader zal gaan probeer dan sussend in te werken.

En nu ter zake. Je dient namelijk te weten, Walter, dat je moeder niet alléén komt maar dat je driejarige neef, die uit Danzig is overgekomen, de reis medemaakt. En Jantje, om hem bij name te noemen, is sedert zijn laatste bezoek geëvolueerd, dat kan ik je verzekeren. Ik doel hierbij niet zozeer op voorkomen en volume, want op een half jaar verandert dat weinig en zijn lokken heeft hij nog, wees gerust, als wel op de verbijsterend snelle ontwikkeling van zijn denkvermogen en van zijn oratorisch talent.

Je weet dat hij zes maanden terug nog genoegen nam met

zinloze vragen, zo intermitterend als het slaan van een nachtegaal. Welnu, die tijd is voorbij en komt, helaas, vooreerst niet terug. Want niet alleen zit zijn verhoor nu vol voetangels en klemmen, maar hij gaat door tot ik de vlucht neem en vluchten is onmogelijk als er niemand thuis is want ik durf hem niet alleen laten. Lach nu vooral niet want ik kan je verzekeren dat je geen flauw benul hebt van wat je te wachten staat terwijl je ma en tante de Parijse winkels zullen belopen en jij dus af en toe met dat kleine onding alleen zult zitten.

Maar dorre theorie overtuigt niet en ik kan dus niet beter doen dan je een trouw verslag te zenden van een onderhoud dat ik heden namiddag met dat heerschap gehad heb terwijl je beminde moeder in de stad een kleed was gaan passen. Het is begonnen toen de straatdeur achter haar dicht viel en was zij twee uur later niet teruggekeerd, zeker door honger gedreven, dan was deze brief vandaag niet afgeraakt.

Zoals altijd ging hij recht op de man af, zonder enige consideratie voor mijn bezigheden. Want de dreun van onze poort was nog niet weggestorven of hij smeet zijn schop in 't gras, veegde onder zijn neus iets weg, keek mij aan als om te zeggen 'nu zijn wij klaar' en speelde daarop zijn eerste kaart. Knipogen deed hij wel niet, maar toch lag er iets van in zijn blik.

'Is de leeuw zo groot als de wereld?'

Als ik de pot dan tóch weer op moet, dan is zijn leeuw mij nog het liefst van al, want ikzelf ben nog niet voldoende ontbolsterd om geen restje van ontzag meer te hebben voor de schrik der woestijn. Dus vooruit met dat beest. Ik maak er kort spel mee.

'Neen,' verklaar ik zo gedecideerd alsof ik het heelal werkelijk tegen Koning Nobel uitgewogen had. En met een zucht doe ik mijn boek dicht.

Ik heb neen gezegd omdat het waar en kort is en omdat hij gesteld is op afdoende replieken. Aan ontwijken heeft hij een hekel. Volgens zijn grondwet dient iets groot of klein te zijn, sterk of zwak, heet of koud, zwaar of licht, want hij vindt dat nuances zijn wereld nodeloos compliceren. Hij zorgt dat het grote heerst, het sterke verdrukt, het hete verbrandt en het zware verplettert en de kleinen, zwakken, kouden en lichten zijn er slechts om dat alles te verduren. En zelf is hij de kern waaromheen alles gedreven wordt.

Maar hoe afdoend mijn neen ook was, hij kijkt zuur en het duurt wat voor ik begrijp dat die prachtige waarheid niet in zijn smaak valt. Het is ditmaal ook ál te waar en ik rectificeer dus spontaan.

'Ja, Jan, de leeuw *is* zo groot als de wereld.'

Ik heb vertrouwelijk zijn naam gebruikt met een lichte tremolo, in de hoop hem goedgunstig te stemmen en geef hem ditmaal ineens zijn mond vol door niet eenvoudig 'ja' te zeggen, want dat had na mijn neen een beetje onnozel geklonken. En hij moet vooral niet denken dat ik er zo maar iets uit flap, anders gaat hij mij over één kam scheren met de werkvrouw die helemáál geen antwoord geeft en doorgaat met dweilen. Ik voeg dus spontaan aan dit ja zijn hele bloedeigen vraag toe, met leeuw en al, en nog wel op een overdreven affirmatieve toon opdat hij tenminste de indruk zou krijgen dat dit tweede, volkomen tegengestelde bescheid, de slotsom is van een diepere overweging en tevens om te voorkomen dat hij nog eens aandringt op confirmatie. Geen tijd verliezen. Hoe minder hij herhalen moet hoe spoediger hij aan 't eind is van zijn rozenkrans.

Mijn opgeblazen zekerheid blijkt echter nog geen algehele voldoening te geven.

'Groter?'

Hij schijnt best te weten dat twee dingen nooit precies even groot zijn, dat dus ook in dit geval een van beide allicht een ietsje groter is. Ik vermoed zelfs dat zijn overtuiging omtrent de verhouding van leeuw tot wereld reeds vast stond vóór hij vroeg of de een zo groot is als de ander. Zijn eerste vraag was slechts een inleidend allegro. Hij deed maar alsof hij twijfelde, om mij niet te beïnvloeden bij de keuze van mijn antwoord. Want aan een door hem als het ware gedicteerde mening kan hij nooit zoveel genoegen beleven als aan de vrije uiting van mijn opinie, wanneer die tenminste niet in botsing komt met zijn eigenaardige bestiering van zijn niet minder eigenaardige schepping. En door onze dagelijkse oefeningen begin ik toch enig inzicht te krijgen in de bepalingen van zijn Groot Charter. Ik weet in ieder geval dat ik nu niet aarzelen mag tussen die positieve, beproefde leeuw en de abstracte wereld, anders loopt het dadelijk mis. Zijn vraag heeft trouwens iets van een sommatie. Ik hoor hem denken 'durf jij, met al je lef, die leeuw nu maar eens kleiner vinden'. En om nu zelf verslonden te worden, daar bedank ik voor. Want hij beseft dat men iemand, die zo gemakkelijk van neen tot ja is gebracht, zonder bezwaar een tweede trap onder zijn achterste kan geven.

'Ja, groter,' geef ik schoorvoetend toe.

Hij geniet even van zijn overwinning en van die van zijn leeuw, zodat ik reeds naar mijn boek pakte.

'Als Jan een leeuw bij de Duitsen zet, wat is het dan?' Wat wordt er sedert het verdrag van Versailles met dat arme Duitsland al niet uitgehaald. Na al die gieren nu ook nog die leeuw. Ik zou wel antwoorden dat de Duitsers zijn leeuw bij Hagenbeck zouden onderbrengen, maar ik durf niet. Het prestige van dat beest verlamt mij volkomen.

'Dan is het erg, Jan,' verzeker ik met een bekommerd gezicht.

Hij vindt dat 'erg' veel te vaag en ten enenmale onvoldoende.

'Wat zeggen de Duitsen dan?'

'Niets, Jan, zij gaan lopen.'

Dacht hij mij soms beet te nemen? Alsof hij ooit zou permitteren dat die Duitsers op de plotselinge verschijning van zijn leeuw eenvoudig met woorden zouden reageren.

Dan konden zij meteen blijven zitten en doordrinken. Neen, of ik wil of niet, ik moet die mensen minstens aan de haal doen gaan, hoe krijgshaftig zij anders ook zijn, of ik krijg het zeker aan de stok met Zijne Majesteit. Want dat 'zeggen' van die Duitsers is slechts het inluiden van een veel zwaardere beproeving die hij voor hen gereed heeft maar die hij niet ineens loslaat omdat hij mij eerst even aan de tand wil voelen. Honderd percent leeuwgezind of hij stelt mij op pensioen.

Zijn wrevelige blik speurt in de verte. Het zal hem niet behagen dat die Duitsers met behulp van hun benen het fatum zouden keren.

'Waarom gaan zij lopen?'

Zonder zich tot wat ook te verbinden wil hij alvast direct horen verklaren dat al dat geloop niet zo maar voor de aardigheid is, doch een diepere oorzaak heeft. En dat die niet buiten de tanden en klauwen van dat beest gezocht moet worden, zoveel weet ik er wel van, want dat staat in Hoofdstuk Een. Ik voel mij trouwens getemd en volkomen tot nul herleid.

'Omdat zij bang zijn,' erken ik lijdzaam.

Hij fronst lichtjes zijn aankomende wenkbrauwen, zeker omdat mijn ontlasting volgens hem te langzaam vordert.

'Waarom zijn zij bang?'

En bijna fluisterend, als om mij moed in te spreken:

'Eet de leeuw de Duitsen op?'

Geweeklaag wil hij horen, bloed wil hij zien, of zijn leeuw wordt gestald voor de rest van zijn dagen. Maar Jan moet later aardrijkskunde leren en dient te weten dat het globaal oppeuzelen van alle Duitsers zelfs voor een leeuw te zwaar is, tenminste in één maaltijd. Ik zal het er maar op wagen want het is voor zijn welzijn.

'Opeten? Ja, Jan, toch enkele.'

'Wat is dat?'

Ik heb het lichtzinnig gelost en nu wil hij op staande voet

vernemen wat dat verdachte 'enkele' betekent dat hier volgens hem niet te pas komt en nagaan of het soms geen beest is, of iets anders dat aan zijn leeuw afbreuk zou kunnen doen, om eventueel dadelijk in te grijpen.

'Wat?' vraag ik terug om tijd te winnen, want ik weet waarachtig niet hoe ik hem het begrip 'enkele' moet inpompen. Maar hij is met die wedervraag allerminst gediend.

'Pa moet dat zeggen.'

Ik zet een nadenkend, zwaar gerimpeld gezicht, als een echte Archimedes, en nu blijkt onverhoopt dat mijn mimiek op zichzelf hem voldoening geeft. Heb ik iets van de grimmigheid van een leeuw of weet hij vooruit dat van mijn gezoek in dit geval niet veel te verwachten is? Hij dringt tenminste niet verder aan en laat mij eenvoudig met dat 'enkele' zitten waar ik goed voor ben. Hoofdzaak vindt hij zeker dat zijn leeuw Duitsers lust en met het opeten ervan een aanvang heeft genomen. En na de eerste fase van 't verslinden even gevolgd te hebben:

'Als de leeuw met een paard vecht, wie wint er dan?'

'De leeuw,' verklaar ik smalend, want dat is, dunkt mij, een vraag die het stellen niet eens waard is.

'En het paard?'

Hij wil dat het jammerlijk einde van dat paard de overwinning van zijn leeuw voor de zoveelste maal bezegelt.

'Dat verliest.'

Ja, ik had het moeten voorzien. Hij weet beter dan ik dat het paard er aan geloven moet, maar had uit mijn mond mitrailleurvuur verwacht, een stortvloed van ratelende werkwoorden waaronder dat paard op staande voet vernietigd moest worden. En tot slot een misprijzend grimas. Verliezen echter vindt hij slapjes, want wie eenvoudig verliest kon een volgende maal wel eens winnen en die gedachte alleen is niet minder dan majesteitsschennis. Ook heeft hij in 't diepste van zijn ziel besloten dat zijn paard geen kans zal krijgen om te recidiveren, vandaag tenminste niet.

'Eet de leeuw het paard niet op?'

Het dreigt een herhaling te worden van 't gebeurde met onze germaanse broeders en dat 'niet' betekent dat ik het al lang uit eigen beweging had kunnen zeggen. En weer die geïrriteerde toon.

'Maar Jan, hij kan immers niet meer want hij heeft al die Duitsers al binnen.' Ik vind namelijk dat een vroegtijdig begrip van logica hem niet schaden zal en hij schijnt waarachtig in te zien dat er iets in zit, echter zonder het axioma van 't uiteindelijk verslinden ook maar een ogenblik op te geven.

'Eet de leeuw het paard dan op als het donker is?' Als die Duitsers verteerd zijn, bedoelt hij.

Het autodafé is even uitgesteld maar het zal voltrokken worden. Hij geeft zijn leeuw echter enig respijt want het is nu pas vier uur en nog helder dag.

Het wil mij voorkomen dat zijn toegeeflijkheid een beloning verdient. Ik zal zijn leeuw dan ook in ere herstellen en aan dat vervelende paard eens even radicaal een eind maken.

'Ja, als het donker is pakt de leeuw het paard beet, schudt het flink door elkaar, scheurt het in stukken, eet het op en likt de vloer schoon.'

'Alleen de staart laat hij liggen,' zeg ik nog, om die bloedige scène enigermate te verzachten, want ik vrees dat het opvoedkundig niet in de haak is. Trouwens, er mag van dat arme paard toch wel *iets* overblijven.

Hij denkt na over onze staart, die hem dwars blijkt te zitten en schijnt volstrekt niet in te zien waarom dat aanhangsel voor onbepaalde tijd op de schoon gelikte vloer zou achterblijven, als een hinderlijke postumus. Misschien vindt hij ook dat het doek over die paard-en-leeuw-scène niet vallen kan zolang die staart daar ligt. En achter zijn schermen staan nog talrijke matadors te trappelen.

'Waarom eet de leeuw de staart niet op?'

Alvorens eventueel zelf dat restant op te ruimen wil hij weten of er voor het onvolledig verorberen van ons paard-zaliger niet enig aanneembaar excuus bestaat, want hij ziet zijn leeuw gaarne perfect in al zijn doen en laten, vooral in zijn doen. Hoeveel heeft dat beest van zijn prestige ingeboet, dat is de vraag.

'Omdat de haren in zijn keel zouden kittelen.'

Als motief is het eerder flauw, doch ik vind op 't ogenblik niets beters. Ik zie dan ook dat hij het van de kant van zijn leeuw een minderwaardige manier van doen vindt, een on-verklaarbare tekortkoming, een ambtelijk plichtverzuim, want hij neemt het besluit die onopgeloste staartkwestie later op de dag in het reine te trekken, bergt staart en leeuw plotseling op en laat bij wijze van afleiding een paar van zijn stoommonsters aantreden.

'En als de machine van de trein met de straatwals vecht?'

Er komt af en toe zo'n log gevaarte over de keien van onze straat gehobbeld. Het spuwt enig vuur en doet de muren geweldig daveren, dat moet ik toegeven. Maar toch begrijp ik niet hoe hij er toe komt het zo maar ineens in 't krijt te doen treden tegen zijn locomotief, die toch zijn eerste zwaargewichtkampioen is. Komt het ding hem in onze nauwe straat groter voor dan het werkelijk is of heeft die lompe straatwals haar prestige uit louter luidruchtigheid opgebouwd? Als die twee dus vechten. Wie er dan wint vraagt hij niet eens meer als vindt hij dat ik nu genoeg praktijk dien te hebben om dat gedeelte van zijn vragen te kunnen raden.

'Dan wint de machine van de trein,' verklaar ik luchtig. Want dat stuk van een straatwals in die eerste round een kans geven, daar dénk ik niet aan.

Het schijnt hem, helaas, niet mee te vallen. Ja, zijn straat-wals is weer wat nieuws en zal het een tijdlang moeten doen. Ik kom dan ook spoedig tot het besef dat die heldhaftige challenger door mij met al te veel ongegeneerdheid behandeld is. Dat die pletrol niet uitgesproken wint zal mijnheer misschien niet mishagen, maar wie speciaal door hem geroepen is om het aan te binden tegen die overweldigende locomotief, zo iemand verdient in ieder geval consideratie als zijnde van goeden huize. Opeens krijg ik een bevlieging om die onheuse behandeling op staande voet onder eerbewijzen te begraven. En zoals altijd ga ik overdrijven.

'Neen, Jan, dan wint de straatwals.' Waarom eigenlijk niet, als hem dat liever is?

Maar zijn masker blijft stug. Het plotselinge omdraaien van mijn mantel komt hem ten zeerste verdacht voor en bovendien beschouwt hij het als een aanmatiging dat ik mij op mijn eigen houtje permitteer zo'n onverwacht knock-out over zijn locomotief uit te spreken. Het ziet er naar uit alsof hij genoeg krijgt van mijn eigenwijze vonnissen die al te zeer onderhevig zijn aan eb en vloed. Wat nu begonnen? Zonder gevolgen kan dat treffen toch niet verlopen, dunkt mij? Daar geeft de sport mij iets in. Waarom geen draw of deadheat? Maar dan dadelijk of hij gaat mij belachelijk vinden.

'De machine van de trein komt van daar en de straatwals van ginder. Dichter en dichter. Opgepast, want zij botsen tegen elkaar. Taratadjing! Bom! En zij blijven alle twee staan.'

Hij volgt het spektakel met die twee gedrochten aandachtig, kijkt mij scherp aan alsof hij er niet zeker van is dat ik het werkelijk meen, is toch niet ontevreden omdat ik zo te keer ben gegaan met die onomatopeeën en besluit er maar weer toe het naspeuren van het ware verloop in Godsnaam tot vanavond uit te stellen, want onverhoeds stalt hij machine en straatwals bij staart en leeuw en werpt een onderzoekende blik op de spichtige silhouet van zijn overgrootvader die zijn intrede doet. Hij was op wandel en kwam even aanlopen om te controleren of wij allen nog in leven zijn. Op het zicht van zijn achterkleinzoon krijgt hij tranen in de ogen en steekt hem joviaal zijn zware timmermanshand toe, een hand om van te schrikken, een hand die op zichzelf nog eens een rol krijgt in een van onze toekomstige steekspelen, buiten de rest van vader om.

Voor die kolenschop wijkt Jan een paar stappen achteruit, want hij is niet royaal met handjes geven, kijkt zijn oudere tegenstander nog eens aan en vindt dat hij toch een vraag waard is. Hij delft tenminste zijn straatwals voor hem weer op.

'En als vader door de straatwals verpletterd wordt?'

Lieve hemel, de man is pas in huis en hij moet er al aan geloven. Hij lacht en huilt ook te veel. Als hij ons dan tóch niets meer te zeggen heeft zou hij beter doen af en toe een krakende vloek uit te zenden of iets anders dat indruk maken kan, want dat mormel stopt hem geregeld zakdoeken in de hand en nog wel vóór de tranen er eigenlijk zijn.

'Als vader door de straatwals verpletterd wordt dan is hij dood,' verklaar ik bitter.

'En wat zeggen de mensen dan?'

'Die zeggen dat het jammer is.'

'En wat zegt de vent van de straatwals dan?'

Hij rekent die vent dus niet bij de vulgaire massa en is van mening dat die het recht heeft zijn opinie afzonderlijk te doen kennen. En in ieder geval wil hij weten hoe de dader zelf op dat platrijden reageren zal.

'Die zegt: potverdomme, daar ligt er alweer een onder mijn machine.'

Let nu eens op, Walter. Hij zal zijn doel langs een omweg bereiken, in twee etappes.

'*Wat* zegt de vent?'

Die eerste vraag heeft niet alleen voor doel mij nog eens 'potverdomme' te horen zeggen, dat bijzonder in zijn smaak valt en dat hij definitief heeft overgenomen, maar tevens mij het woord machine te doen herhalen, wat ik dan ook doe, want hoe zou ik kunnen vermoeden dat ik bij de neus word geleid door iets dat nauwelijks boven ons tafelkleed uitsteekt. Ik herhaal dus gemoedelijk:

'Hij zegt: potverrrrdomme, alweer een onder mijn machine.'

En omdat het hem deugd doet laat ik ditmaal de potverdomme op extra wielen aanrollen.

Hij incasseert dat geroffel zonder blikken of blozen, als een die vindt dat het hem toe komt. En nu ik die machine zo onnozel geconfirmeerd heb, en nog wel in 't bijzijn van vader, die almaar glimlacht:

'Waarom zegt hij: zijn machine?'

'Wel, Jan, omdat hij er op rijdt.' Want in mijn onschuld weet ik niet beter of hij verlangt dat ik die possessief demonstreer, dat ik het bewijs lever van het eigendomsrecht van die vent op die machine.

'Maar 't is geen machine.'

'Wat mag het dan wél zijn, Jan?' Want een leeuw is het in ieder geval nog minder en ik zie ongaarne dat iemand die al naar de vier loopt nog geen onderscheid maakt tussen zijn levende en zijn mechanische voorvechters.

Hij kijkt weer als gal, want hij kent mij absoluut het recht niet toe *hem* te ondervragen, als was hij er zich van bewust dat de heerlijke tijd van het vragen voor mij onherroepelijk tot het verleden behoort.

'Neen,' herhaalt hij koppig, ''t is geen machine.'

Ik zal hem dan maar gelijk geven, hoe het verkrachten van de waarheid mij ook tegen de borst stuit.

'*Natuurlijk* is het geen machine. *Selbstredend* zouden de overgebleven Duitsers zeggen, maar zij houden zich koest.'

Uit het feit dat mijn erkenning niet gevolgd wordt door een opheldering van wat het dan wél is, leidt hij af dat ik het niet weet, want ik lever altijd spontaan het maximum.

'Wat is het dan? Weet Pa het niet?'

Neen, verduiveld, ik weet het niet. En ik kijk in de ogen van vader, of die het soms weet, maar daar ontmoeten mij slechts tranen. Tranen van geluk omdat Jan zo vraagt, omdat ik zo flink van antwoord dien en omdat God het hem gunt dat alles nog te mogen beleven.

''t Is een straatwals,' zegt Jantje zacht, als schaamde hij zich in mijn plaats omdat die oude man bij mijn aftakeling aanwezig is. En hij haalt de zakdoek uit mijn jas, om tijdig te stelpen.

Ja, het is wel degelijk een straatwals en geen machine. Als het allemaal machines waren hoe zouden wij dan kunnen arbitreren zonder dat het een warboel werd. Trouwens, ik had al lang moeten bedenken dat er maar één machine bestaat, namelijk de geweldige, gillende, ijlende machine van de trein, de glorieuze locomotief.

Hij laat mij gelukkig niet te lang in zak en as zitten.

'Pa moet zeggen wat Jan zegt als hij dat ziet.'

'Als hij wát ziet, jongen?' Want ik ben de kluts helemaal kwijt en voel mij zo wee als had ik uren onder die straatwals gelegen.

'Als hij ziet dat de straatwals vader verpletterd heeft.'

Nu gaat die brave man zijn eigen lijkrede nog te horen krijgen en wie weet of Jan er niet een paar van zijn nieuwe potverdommes aan toevoegt.

Ik zal even nadenken, want als hij het over zijn familie heeft moet ik dubbel voorzichtig zijn, enig ceremonieel in acht nemen en niemand tekort doen. En ik weet heus niet wat hij verkiest: jammeren om het zware verlies of jubelen om de degelijkheid van het verpletteren. Maar tot het laatste zal ik mij niet lenen, want het is zó met vaders prestige al treurig genoeg gesteld. Vader zelf, die niet de minste zeggenschap krijgt al gaat het om zijn eigen pels, is overgegaan tot het stoppen van een pijp. Hij laat de wenteling der dingen geduldig aan zich voorbij gaan, in de zekerheid dat de jenever straks het laatste woord zal spreken.

Ik moet Jan iets kloeks voorzetten. Iets als een charge van de blauwe huzaren.

'Als hij ziet dat de straatwals vader verpletterd heeft, dan zegt Jan niets maar wordt kwaad. Hij laat zó zijn ogen rollen, houdt de straatwals met één hand tegen, sleurt met de andere hand die vent van zijn machine, neen, van zijn straatwals, drukt hem plat en zwiert hem over de Eiffeltoren tot in de Seine. Voilà.' Want ik probeer hem stilaan met Parijs vertrouwd te maken door af en toe te refereren aan Eiffeltoren, Seine, catacomben, je tante en andere merk-waardigheden. Hij weet dan ook reeds dat de Seine vloei-baar is, net als de Schelde.

'Wat zegt Pa?' Natuurlijk het vreemde 'voilà' dat hij verdacht vindt.

'Niets, Jan.'

Hij kijkt mij scherp aan als om te zeggen 'pas op, hoor'.

'Als Jan die vent in de Seine zwiert, verdrinkt hij dan niet?'

Ik geloof dat hij zich ongerust begint te maken over het lot van die man, niet zozeer om het verdrinken zelf, want zijn slachtoffers zijn legio, maar omdat hij die straatwals niet voor eeuwig immobiel wil zien. En die kan toch niet zonder die vent. Ja, de man dient geholpen.

'Als hij bijna verdronken is en voor 't laatst klok klok zegt onder 't zinken, dan vist Jan hem bij de haren uit het water op, doet hem beloven dat hij het nooit meer doen zal, je weet wel, geeft hem dan nog een trap, zet hem weer op zijn straatwals, blaast op zijn trompet en laat hem doorrijden.'

Als hij zich tegen dat doorrijden nu niet verzet dan is alvast die straatwals opgeruimd, want wij kunnen nog heel wat voor de boeg hebben. Maar over die trompet had ik moeten zwijgen want ik geloof dat hij er ergens een liggen heeft.

'En vader?' vraagt hij aarzelend, als vreesde hij dat het wel eens kon doorgaan voor zwakheid.

Brave jongen. Zolang vader onzichtbaar onder de straat-wals lag kon het nog gaan. Maar nu die pletrol zich ver-wijderd heeft durft hij het overblijfsel niet goed aan te kijken. Is het iets dat nog vorm heeft of eenvoudig een vlek, een huid, met één woord een tweede hinderlijke paardestaart waarvan het opruimen weer een hoop gedonder kan geven? En nu die vent het vege lijf heeft mogen bergen schijnt hij er iets voor te voelen ook onze verpletterde vader weer op zijn pikkels te zetten. Maar toch dient opgepast met zulk een operatie en 't beste zal wel zijn eerst even te consulteren.

Ik kijk bekommerd. En in een gelispel, zo dat ons hardhorig slachtoffer zeker niets verstaan kan:

'Willen wij vader maar genezen, Jan? Dan kan hij een borrel drinken.'

Hij aarzelt, maar heeft toch de moed niet nog langer bij dat lijk te blijven zitten. Hij ontvliedt de vreselijke waarheid om een rol te aanvaarden in de komedie van die verrijzenis.

'Oom Karel?' stelt hij voor.

Onvergeeflijk is dat ikzelf niet dadelijk aan die dokter van een broer heb gedacht. Bravo, Jan. En in vervoering pak ik de handen van vader beet die voelt dat ik hem met een of ander feliciteren wil want hij knijpt stevig terug en ik zie nieuwe waterlanders.

Jan heeft intussen een doos in de gaten gekregen waarvan het deksel versierd is met vlinders.

'Wat is dat?'

'Vlinders.'

'Zijn dat óók beesten?'

'Ja, Jan.'

'Zijn die beesten in de dierentuin ook?'

'Zeker, Jan.'

'Zijn die beesten al lang doodgebeten door de leeuwen en tijgers?'

'Ja, jongen, wees gerust.'

'Wat zegt Pa?'

Hij vindt weer dat dit 'gerust' er te veel is. Die beesten zijn doodgebeten of zij zijn het niet en daarmee uit.

'Mogen de leeuwen en tijgers in de dierentuin kakken en pissen?'

Die overgang vind ik verrassend en ik vraag mij bekommerd af waarom hij zo plotseling zijn edele leeuwen in zulk een potsierlijke handeling ten tonele voert. Toch zeker geen aangeboren liederlijkheid? En de theorie van de erfelijkheid spookt mij voor de geest want ik heb heel wat achter de rug op allerlei gebied. En naar wat er van uitgelekt is waren mijn voorouders niet beter. In ieder geval dient zijn vocabulaire gezuiverd. Toch zeg ik gedecideerd ja, want de waarheid voor alles.

'Van wie mogen zij kakken en pissen?'

'Van de bazen, Jan.'

Lichtjes doof en paffend staat vader toe te kijken, wachtend op de borrel. Hij is even tot bij ons buffet geslenterd maar onverrichterzake teruggekeerd want hij wil krijgen maar niet nemen.

'Waarom mag Jan in de tuin niet kakken en pissen?'

Goddank, het heeft niets te maken met liederlijkheid maar met onze goede buurvrouw. Hijzelf heeft namelijk onze tuin schandelijk misbruikt, tot het lynxoog van madame Peeters, alhoewel gehinderd door een gordijn, ontdekt heeft dat het geen pompoen was. En toen heeft zij dadelijk de pen in de hand genomen.

'Waarom?' dringt hij aan.

'Omdat Jan geen leeuw is.' Want van het klassieke 'dáárom' heb ik een afschuw.

'En als Jan tóch een leeuw is?'

'Dan moet Jan alle dagen paarden opeten en de staarten zullen in zijn keel kittelen.' Want over die viezigheid wil ik het niet meer hebben, vooral nu wij in goede doen geraken. Dan handel ik nog liever die taaie staart af, hoe dan ook.

Hij schijnt te voelen dat ik ditmaal vastberaden in de contramine ben en bekijkt dus het deksel van die doos nog maar eens aandachtig.

'Zijn dat geen zonnesteken?'

'Neen, Jan.'

Nu pas begrijp ik waarom hij die vlinders zoëven aan zijn leeuwen en tijgers heeft voorgeworpen. Want toen het zeer heet was heb ik hem tegen de zon gewaarschuwd en van zonnesteek gesproken. En even later kwam hij de keuken binnen gestormd onder het kermen van 'zonnesteek, zonnesteek'. Zijn moeder liet los wat zij vast had en vloog hem tegemoet, waarop hij haar de zonnesteek in kwestie toonde, rustig gezeten op een witte roos.

'Heeft een zonnesteek poten?'

Want een zonnesteek is en blijft vooralsnog een beest voor hem, iets dat vorm, inhoud, gewicht en wapens heeft en misschien wel tegen de straatwals op kan. Ja, die steekt, wat denk je wel.

'Gaat Jan nooit niet dood?'

Zou het bittere lot van Duitsers, paard en vader hem tot inkeer hebben gebracht?

'Neen jongen, nooit.'

Ik mag lijden dat het waar is.

'En als God tegen een zonnesteek vecht?'

Ik constateer tot mijn verbazing dat ook het Opperwezen bij zijn troep geëngageerd is en vraag mij af wie mij dat gelapt heeft. Nog een geluk dat die zonnesteek slechts een verloren kost is, want moest het tegen zijn leeuw gaan, ik zou geen raad weten.

Maar zijn voelhorens hebben iets opgevangen, want daar vliegt hij naar de straatdeur, maakt open en zijn grootmoeder zeilt binnen, een keurig pakje dragend waarvan hij de roze lintjes terstond begint los te pulken.

'Eten de leeuwen en tijgers óók chocola?' hoor ik hem vragen.

Aan *mijn* beproeving is dus een eind gekomen en ik stap met vader op de bitterkruik toe. Zijn hand beeft lichtjes onder 't klinken en vóór hij slurpt laat hij zijn nevelige blik, die meer gezien hééft dan hij nog zien zál, als een zegening op zijn achterkleinzoon rusten.

Je weet nu enigszins, liefste Walter, wat je te wachten staat. Denk er om dat *hij* de dans leidt. *Hij* en geen ander, heeft geproclameerd dat die leeuw groter is dan de wereld, dat alle Duitsers met huid en haar verslonden zullen worden, dat een paard er even later nog gemakkelijk bij kan, dat die staart geen gratie krijgt maar uitstel van executie, dat vader af en toe tot een vijg gereduceerd en dan als een ballon weer opgeblazen wordt, dat een straatwals een straatwals is en geen machine, begrepen? dat de conducteur niet verdrinkt maar keien zal blijven berijden-tot het jongste gericht, dat een zonnesteek minstens poten heeft en dat hijzelf eeuwig leven zal en nog wel hier beneden. En jij bent niet meer dan de redeloze spreekbuis waardoor hij zijn leer nu ook in Parijs komt verkondigen. Zorg dus dat je gelaarsd en gespoord bent want hij begint waarschijnlijk terwijl hij zijn muts nog op heeft. Je bent een vrij verstandige jongen en ik reken er op dat je zijn gezelschap met tact zult hanteren. Zie je kans het aan te vullen met plaatselijke beroemdheden, des te beter. Je kon, bij voorbeeld, tante eens proberen tegen de hand van vader. Maar laat haar dan het onderspit delven, anders heeft die hand bij hem afgedaan. En als ik je bezweren mag, zorg tenminste dat hij zijn verzameling, zoals zij op 't ogenblik waait en draait, ongeschonden terugbrengt. Behandel vooral zijn leeuw met de grootste omzichtigheid en geef hem tijdelijk dan maar Fransen te vreten. Praat over dat kakken en pissen heen alsof je 't niet verstond, dat zal het beste zijn. Maar laat hem inmiddels niet geheel onbewaakt want ik geloof nooit dat hij principieel terug zou schrikken voor een praktische demonstratie in tantes Louis xv-salon, indien hij tot de conclusie mocht komen dat je bekrompenheid die niet ontberen kan. En mocht sinjeur bij zijn intrede niet dadelijk loskomen, vraag hem dan maar langs je neus weg of vader niet onlangs door een straatwals verpletterd is en of hij hier toevallig geen paardestaart heeft laten liggen. Dan zal je wel zien.

Walter, Walter, doe je best met hem en schrijf jij nu ook eens wat aan je liefhebbende vader.

II

Je behoort toch een beetje op de hoogte te blijven van wat hier omgaat en ik laat je dan ook weten dat onze Leeuwentemmer, na een verblijf van nauwelijks zes maanden aan de boorden van de Weichsel, alweer voor een tijdje met zijn moeder bij ons zit, want je zuster schijnt het onder de hemel van Polen nooit langer dan telkens een half jaar of zo te kunnen uithouden.

Ik heb natuurlijk direct onderzocht of er iets overblijft van zijn zonnesteken, machines van de trein, straatwalsen en paardestaarten. Er ontbreekt niets aan onze menagerie die zelfs aangegroeid is, want de hand van vader heeft hij, tijdens zijn verblijf aan de Oostzee, op zijn eigen houtje definitief aangemonsterd en ik hoor van zijn moeder dat hij er over denkt die hand tot halfzwaargewicht te bevorderen. Haar radeloos hoofdschudden zegt duidelijk dat zij doodmoe is van het arbitreren en zich nu op mij verlaat. Uit een peiling is dan ook gebleken dat haar uitspraken volkomen onberedeneerd waren zodat ik de eerste dagen weer een hoop werk zal hebben. Ik zend je nog wel eens een verslag, om je in Parijs wat op te monteren.

Hij praat al aardig en het moet wel een moedig kind zijn anders was hij al lang overgegaan tot een zwijgende staking, liever dan telkens weer in een ander bad te worden gedompeld. Want hij moet om beurten Frans, Vlaams, Duits en Pools aanheffen en ik begrijp niet hoe hij er in slaagt ze uit elkaar te houden en te verhinderen dat alles versmelt tot een hotjazz, waar niemand licht in ziet. Zijn moeder spreekt nu eens Frans en dan weer Vlaams met hem. Frans omdat zij die taal met haar man spreekt, want Pools kent zij niet goed, en Vlaams als die jongen haar de duivel aandoet, want dan gebruikt zij haar moedertaal zonder het zelf te weten. Duits wordt hem ingeblazen door zijn Danziger straatkameraden als daar zijn Klaus, Werner, Fritz en Güntelein. Hij kan met die derde taal goed overweg al spreekt hij ze sluik, want zijn vader is een Pool die als zodanig moet oppassen niet voor Duitsgezind door te gaan. Pools eindelijk, dat dan zijn officiële taal moet worden, krijgt hij thuis van zijn vader te horen. Het is de taal die vooral bij het kapittelen en kastijden gebruikt wordt, want na kantoor heeft mijn schoonzoon het meestal druk om schoon schip met hem te maken, al loopt het telkens slechts over één dag. Hier bij ons hoort hij natuurlijk vooral Vlaams. Als hij uit Danzig over komt ga ik hem in 't station afhalen en ik begin al op het perron, als ik hem door het portier in ontvangst neem, dus terwijl monseigneur nog zwevende is. De eerste dagen snakt hij wel eens naar zijn woorden, maar geholpen door zijn Duits is hij er na een week weer ingewerkt. En het duurt geen maand of hij spreekt zo vlot en plat alsof hij zijn vijftienhonderd levensdagen hier ononderbroken gesleten had.

Wij moeten toegeven dat hij onverzettelijk van aard is en zo fier als een rasecht koningskind. Hij vindt hier alles uitstekend zolang er over gezwegen wordt en hij dus in stilte genieten kan van het stoffelijke en geestelijke dat hem overvloedig wordt voorgeschoteld door je moeder, broers en zusters, alsmede door al de familieleden en vrienden die hem geregeld komen bekijken en betasten. Van schrijver dezes hoef ik zeker niet eens te gewagen want je weet dat die niet gewoon is zich onbetuigd te laten.

Alles smaakt hem veel beter wanneer hij denkt dat je 't niet merkt, vooral zaken die in Danzig ontbreken of daar te duur zijn om doorlopend geconsumeerd te worden zoals chocolade, marsepein, sinaasappelen, ananas en de meeste artikelen die hier van over zee worden ingevoerd. Hetzelfde geldt voor de ongebreidelde vrijheid van doen en zeggen waarin hij hier naar hartelust kan plonsen. Maar probeer nu niet hem te doen erkennen dat hij ginder geen ananas krijgt want dan loopt het mis. Principieel erkent hij niets en zeker niet het evidente. En hij stikt nog liever in het laatste stuk dan Polen te verraden waar wij bij staan. Aan zulke dingen doet hij niet. En wie te lang aandringt loopt gevaar enig losliggend voorwerp naar het hoofd te krijgen. Hij schijnt van mening te zijn dat over Polen best gezwegen kan, dat hij meegekomen is om met mij een nieuwe Olympiade op touw te zetten en allerminst om al dat gespuis in te lichten over gindse land. En dat wie meer van Polen wil weten de trein maar nemen moet om het daar zelf eens te beproeven. Bovendien beseft hij dat zij er volkomen zeker van zijn dat hij ginder geen ananas tussen zijn tanden krijgt, anders zou de vraag immers niet eens gesteld worden, maar waarom zou hij, Jan Maniewski de Gdynia-tot-Danzig, die etterbuil nog eens ten overvloede ontbloten? Opdat die dames en heren er collectief op zouden geilen? Hij ziet ze nog liever doodvallen, zo veel als er rond hem staan.

Vragen dienen tot mijnheer in alle eenvoud en oprechtheid gericht, zonder nieuwsgierigheid te laten blijken, want de minste bijbedoeling doorziet hij als een beroepsdiplomaat. En dan presenteert hij zwijgend zijn horens. Wie iets uit zijn geheime kluis halen wil moet beginnen met een gemoedelijk apartje, want hij mistrouwt een drukke markt omdat hij dan geen overzicht heeft.

Toen hij gisteren met mij bij tante Sophie op bezoek was kreeg hij van dat mens, dat God behoede, een voddig locomotiefje cadeau. Een echt prul van een ding dat niet eens wilde marcheren en volkomen weerloos tegenover de minste straatwals zou staan. Op zichzelf was dat al erg genoeg, maar zij had niet in zijn wangen mogen knijpen en vooral had zij moeten zwijgen in plaats van meesmuilend te informeren of de kinderen in Danzig van hun oudtantes óók zulke mooie spullen krijgen.

Hij keek mij aan als om te vragen of ik het gehoord had, wierp een definitieve blik op dat lid van onze familie en vroeg haar waarom zij zo'n raar gezicht had. En zij hééft een raar gezicht, zoals je weet. Altijd gehad, maar met de tijd wordt het erger.

'Wát zegt hij?' vroeg tante, die haar oren niet geloven kon. 'Leert hij dat in Polen? Dan moet hij hier onder handen genomen worden.'

'Daar zijn wij druk mee doende,' stelde ik haar gerust.

'Neem jij de machine mee, Pa?' vroeg hij even later.

En dat betekende dat ik, voor zijn part, het ding gerust bij de donatrice mocht achterlaten.

'Toch proberen tegen dat kapotte horloge,' overwoog hij toen wij in de tram zaten. Dat wrak van een locomotief krijgt dus nog een rolletje, als figurant of zo. Ja, er zit een opportunist in dat kind.

Ginder wordt hij opgevoed als een prins, Walter, want je zuster heeft verteld hoe haar man zich inspant om er van nu af aan reeds een flinke laag vernis op te krijgen en Jantje moet in Polen dan ook veel exerceren. Op het program staan onder andere: kauwen met gesloten mond, eerst slikken en dan pas spreken, soep inschieten zonder morsen, vork hanteren met linkerhand, rechtop en stil zitten, vingers uit de neus, dames begroeten met een handkusje, tijdig dank u zeggen in 't Pools en in 't Frans en vooral zwijgen zolang grote mensen geluid geven. Of hij onder 't begroeten zijn hakjes al op zijn Pools tegen elkaar klappen moet? Neen, zegt zij, maar dat komt later wel, zodra bij zijn lengte een martiale houding passen zal.

Bij het doceren gaat het soms hard tegen hard, want zijn vader stamt uit het gewezen Pruisisch Polen waar de zweep wordt gebruikt. Zo nog daags voor zijn afreis. Toen Jan al voor zijn dampende soep zat werd hem door zijn vader geboden eerst nog even zijn handen te gaan wassen, wat geweigerd werd. Aan het diner is dan een lange improvisatie met een liniaal voorafgegaan. Na iedere weigering éénmaal op de weerbarstige handen die hij uitdagend op tafel liet liggen zonder ze in te trekken. Zo werd een totaal van zesenveertig bereikt en toen was het tijd om op te stappen naar kantoor.

'Zesenveertig slagen?' vroeg zijn grootmoeder die een blik wierp op zijn knuisten waar gelukkig niets aan te zien is. 'En dat gebeurt terwijl jij zit toe te kijken? Een kattemoer ben je.'

Neen, zij had niet zo maar toegekeken, maar zij vertelt ons alles niet.

Waarom hij zo halsstarrig geweigerd had is tot op heden nog niet in het reine getrokken, maar zijn moeder denkt dat hij het niet eens was met dat liniaal dat hij zeker beschouwd heeft als een verboden wapen, als iets dat in strijd was met de huishoudelijke gebruiken. Zijn eerste weigering heeft onverwachts die stok verwekt en die stok heeft hem in zijn weigering gesterkt. Ik zou dat liniaal wel eens willen proberen tegen de hand van vader, want dan werd het zeker versplinterd, maar ik durf het woord liniaal niet uitspreken. In afwachting dat er iets beters op gevonden wordt moet hij nog maar eens zonder broek in onze tuin gaan zitten, zijn pompoen ditmaal naar Polen toegekeerd, zoals de Muzelmannen naar Mekka, maar dan averechts.

Spreek nu echter geen kwaad van zijn vader want hij houdt het met hem als met alles wat machtig is. Niet veel minder dan met zijn leeuw. Zijn vader is groot, zijn vader is sterk, zijn vader gaat naar kantoor, zijn vader heeft een armbandhorloge, zijn vader draagt slobkousen en zijn vader is een Pool.

'En hij gebruikt een liniaal,' zei zijn grootmoeder, die anders verdiept scheen in een handwerkje.

Het goedmaken heeft een halve dag gevergd. Tot ik eindelijk verklaard heb dat zijn vader, naar mijn mening, misschien wel tegen onze straatwals op kan. Hij kreeg een kleur want hij vond het overdreven, maar heeft die hulde ten slotte aanvaard en zodoende vrede gesloten.

Een paar maal in de week gaan wij er samen op uit, nemen de trams die de grootste omwegen maken, steken de rivier over met de veerboot, zo maar, als hadden wij altijd gevaren en stappen aan de overkant de bus op die ons door de mooi verlichte tunnel weer naar 't centrum voert. Aldaar een prettig zitje in de Paon Royal, ik bier en hij een fijne grenadine door een rietje, met zicht op 't rumoerig stationsplein waar veel te arbitreren is. Eindelijk een taxi in en naar huis toe, waar meestal wat nieuws hem wacht. En anders geeft hij zijn leeuw maar weer een paard te verscheuren.

Hij kent alle trams en bussen, weet precies waar wij moeten overstappen, controleert de snelheid van alles wat rijdt, hoopt voortdurend op enige ontsporing of een lekkere botsing met een straatwals, en wil van ieder schip weten waar het heen vaart. Je begrijpt dat ik er al de havens bij haal die ik ken, maar ik zend niettemin een hoop schepen naar Danzig, echter zonder te overdrijven want hij ligt voortdurend op de loer en heeft je te pakken bij de minste tegenstrijdigheid.

Met dat al, Walter, geloof ik dat zijn verblijf bij ons ten einde loopt want er komen te veel brieven uit Polen. Zekerheid heb ik niet, maar toch vermoed ik dat Bennek zijn vrouw opeist. Zij komt ook te dikwijls en blijft telkens te lang. Zij vult haar dagen hier zo handig dat zij niet alleen niemand tot last is maar stilaan onmisbaar wordt want zij naait, kookt, helpt in ons huishouden als was zij van plan hier voorgoed te blijven. Als er iets achter zit moet je moeder daar meer van weten.

'Vind je niet dat onze Adele...' heb ik gepolst.

'Wát?' heeft zij mij toegesnauwd, nog voor ik eigenlijk iets gevraagd had.

En toch weet ik zeker dat zij mij begrepen heeft en dat ook zij het vindt, anders had zij mij laten uitspreken. Zij wil de vraag niet horen.

Met het oog op zijn nakend vertrek heb ik gisteren met hem een nieuw pakt gesloten waar hij ginder een tijdlang op teren kan. Bij 't vallen van de avond liepen wij hand in hand door ons eenzame stadspark, tot over de enkels baggerend in dorre bladeren. In de verte werden lantaarns opgestoken, maar rondom was het bijna donker en doodstil. Tussen oude beuken heb ik halt gemaakt en mijn zakmessen getrokken, want ik heb er twee. Een fatsoenlijk voor courant gebruik en een oud om mijn pijp te bikken. Het mooie heb ik hem in de hand gestopt en zelf het andere genomen. En toen zijn wij zwijgend maar vastberaden opgestapt, al het gedierte voor ons uit jagend dat er niet was. Toen ik bij de poort onze wapens weer opborg heb ik hem van de grond gelicht en even aangekeken.

'Nu zijn en blijven wij de mannen van de dorre bladeren,' heb ik gezegd.

'Ja,' fluisterde hij, 'en niet bang.'

'Voor niemand,' heb ik bevestigd.

Er is dan een eerste telegram uit Danzig gekomen, dat bijna een hele dag op ons buffet geslingerd heeft. Het bekende formulier, dat meestal terstond met gretige of bevende handen wordt opengemaakt, bleef daar verlaten liggen en wij liepen er langs zonder er over te reppen, zoals men een hoopje vuil negeert. 's Avonds was het dan toch verdwenen en toen heeft zij de koffer uit de kelder gehaald. Met het inpakken werd echter niet voortgemaakt, behalve door Jantje die te allen tijde tot trekken bereid is. Het locomotiefje van tante Sophie heeft hij nog eens rondgedraaid en het dan toch maar bij de rest gestopt.

'Keert zij weer naar haar man terug?' heeft vader luidop gevraagd, de koffer met zijn zware hand vakkundig betastend, of er niets aan mankeerde. 'Het wordt ook tijd, is 't waar of niet, Frans? Zou jij verduiveld je vrouw zo lang alleen laten?' En toen schrikte hij op, want je moeder smakte een deur dicht.

Pas na een tweede telegram heeft zij eindelijk de terugreis ondernomen, nadat ik toch kans had gezien een beetje met haar te praten. Luchtig, op de toon van een operette waarbij alles ten slotte goed afloopt. Of er wat aan schortte? Bennek verdiende in Danzig immers goed zijn brood en zijn diploma gaf hem toch mooie vooruitzichten? Ja, eten kreeg zij. Dat had zij trouwens niet eens zo hard nodig. Maar haar man vond dat zij te eenvoudig deed, zich onvoldoende opsmukte. Vooruitzichten had hij zeker, want nu reeds zat hij op kantoor niet langer in de grote gemeenschappelijke zaal, waar je niet eens rustig kan krabben als er iets jeukt, maar in een afzonderlijke glazen kooi waar hij zelf roken mag en van waaruit hij naar hartelust kan bulderen. Maar hoe hoger hij klimt hoe meer koopman hij wordt en hoe minder man en vader. Als het waar is dan zet hij dat schreeuwen thuis soms voort alsof zij dactylo en Jantje een piccolo was. Misschien uit gewoonte, heb ik gezegd. Klaus, Werner, Fritz en Güntelein, die volgens haar een nederig maar aardig stel vormen waar Jantje veel pret mee had, vindt hij nu te min voor zijn zoon die hij liefst in een pensionaat zou zien, in Engeland of zo. Voor haar pianospel voelt hij niets meer maar hij apprecieert haar soep. Nu, dat is toch iets. Ja, zegt zij, soep is soep. Hij wandelt ongaarne met haar door de hoofdstraat omdat zij niet chic genoeg is, beweert zij. Of hij dan van haar niet meer houdt? Zeker wel, meer dan ooit, maar op zijn manier. Frisser dan ooit, bedoelt zij. Hij kan niet uitstaan dat zijzelf haar boodschappen doet en met pakjes sjouwt. Zij daarentegen kan niet van zichzelf verkrijgen haar meid als kruiwagen te gebruiken. Zij vreest dat hij een monocle zou willen dragen. Sedert enige tijd steekt hij namelijk af en toe een vijfguldenstuk in zijn rechteroog, maar zij dacht dat het voor de grap was, dat hij probeerde op die manier vrouw en kind aan 't lachen te krijgen, tot zij ontdekt heeft dat de enige man die op kantoor nog boven hem staat werkelijk een monocle draagt. Goed, maar is dat nu zo héél erg? Zij vindt van wél.

Ik heb haar gezegd dat zij zich moet aanpassen, dat zij die wenkbrauwen best kon laten afscheren als hem dat genoegen kan doen, want veel is er niet aan, dat zij moet leren lachen om niets, sprekende, zwierige gebaren maken om niets, dat ook zij maar een beetje moet bulderen tegen leveranciers en dienstboden wanneer haar man aanwezig is, want dat maakt misschien indruk op hem. En die meid moet zij maar beladen als een muilezel. Het is te proberen. Verder moet zij opgewekt zijn, levenslustig en tevreden, want dat komt allemaal in orde.

'Ja,' heeft zij gezucht, met de moedeloosheid van mensen aan wie gezegd wordt dat zij immers hun dode hiernamaals zullen terugzien.

Onder het scheiden van je moeder heb ik mij niet vertoond, maar toen het dan zover was heb ik Adele en kind naar 't station gebracht, twee goede zitjes uitgezocht en nog wat raad gegeven.

'In de huwelijkse staat moeten beide partijen toegeeflijkheid betrachten.'

'Zeker, Pa, je hebt gelijk,' lachte zij. En haar blik verried dat zij mij niet alleen als een ware vriend beschouwt maar tevens als een grappenmaker.

Ik heb Jan dan stevig de hand gedrukt, zoals het onder kerels past.

'En wij zijn en blijven de mannen van...'

'De dorre bladeren,' heeft hij voltooid.

Ik geloof, Walter, dat alles ginder nog bezinken zal, maar toch zou ik Bennek de raad willen geven die monocle niet te kopen, want daar zal zij niet over heen willen. Wij, mannen, kunnen ons moeilijk voorstellen wat het voor een vrouw precies moet zijn, maar ik vrees dat voor haar alles met da oogglas staat of valt. Als hij het nu nog alleen op kantoor wilde gebruiken, maar stel je die vier even aan tafel voor: hij, zij, dat kind en die monocle. En bij 't naar bed gaan, als hij vergeet het tijdig op te bergen en zo in zijn pyjama staat. Maar wat te schrijven? Het noemen van het ding zou immers op zichzelf een oorlogsverklaring zijn, hoe mooi het ook ingekleed werd. Dan maar liever afwachten, want zolang er leven is, is er hoop.

III

Er zit verduiveld gang in, Walter, en ik geloof dat mijn langste brieven geschreven zijn. Wij hebben namelijk bezoek gekregen, ditmaal echter niet van je zuster maar van haar man die voor zaken naar Kopenhagen en Amsterdam moest en van daar uit voor een dagje naar Antwerpen afgezakt is. Wij hadden hem in geen drie jaar gezien en ik vond hem zeer veranderd. Van het studentikoze blijft niets over. Hij is zwaarder geworden, rustiger, zelfbewuster, directeurachtiger zou ik haast zeggen. Ik heb dadelijk zijn oogholten geïnspecteerd, want zo'n monocle moet op den duur sporen nalaten, maar ik heb niets bijzonders aan zijn ogen bemerkt. Een flinke kerel is het, tenminste wat gestalte betreft. Je merkt het pas recht als hij naast je broers staat die toch ook niet van de kleinsten zijn. En alles wel beschouwd een energieke jongen die vooruit wil en waar de meeste vrouwen zeker tevreden mee zouden zijn, ook met een glas in het oog.

Je moeder heeft hem hartelijk ontvangen, dat moet ik zeggen. Zij heeft natuurlijk in de eerste plaats naar je zuster gevraagd die het goed stelt, gezond althans, evenals het kind. Een liniaal, dat al een paar dagen in onze kamer slingerde, heb ik weggemoffeld, waarna ik even naar onze menagerie geïnformeerd heb. Hij schijnt daar echter zo goed als niets van af te weten en ik vermoed dus dat mijn bondgenoot van de Dorre Bladeren het nog niet raadzaam heeft geoordeeld zijn vader in te wijden of aan te werven. Die kreeg anders zeker een hoofdrol.

'Als ik onverwacht binnenkom hoor ik soms dat hij zijn moeder in 't Vlaams de domste vragen stelt over allerlei beesten en machines,' zegde hij.

'Straatwalsen? Zonnesteken?' waagde ik even.

'Ja. Allerlei gekke dingen van die aard,' bevestigde hij. Hij heeft natuurlijk bij ons gegeten en daarna hebben wij onder ons beidjes een wandeling gemaakt. Uit gewoonte heb ik met hem dezelfde route gevolgd als met de Leeuwentemmer, dus die trams met de grote omwegen en dan de rivier over met de veerboot. Onderweg viel het mij op dat hij niet veel van zeggen was en het praten aan mij overliet tot wij aan de overkant voor de troosteloosheid van die pas opgespoten vlakte stonden die de moedigste wandelaars moet afschrikken en waar slechts nu en dan een meeuw komt uitrusten, maar zonder te zoeken, want er is niets. Doorlopen had geen zin, te meer daar de schemering begon te vallen. Na een korte besluiteloosheid maakte ik dan ook rechtsomkeert om de bus te gaan nemen, naar het stationsplein toe, waar hij in de Paon Royal van mij een biertje zou krijgen of een grenadine door een rietje zoals zijn zoon gebruikt, toen hij zachtjes een hand op mijn schouder legde.

'Papa,' verklaarde hij opeens. 'Adele en ik gaan scheiden.'

Ik keek hem sprakeloos aan.

'Scheiden?' herhaalde ik eindelijk, want ik had een confirmatie nodig.

Hij knikte bevestigend.

'Heb je er dan tóch een gekocht, Bennek?' vroeg ik zacht verwijtend.

'Wát gekocht?' En zijn wedervraag bracht me tot bezinning. Neen, want zijn oogholten waren ongeschonden.

'Scheiden? Maar dat is een ernstige zaak, jongenlief, vooral wegens dat kind dat niet verdeeld kan worden.'

Hij begreep het best, gaf zich volkomen rekenschap, had er lang en bekommerd over nagedacht, maar er was niets aan te doen.

Ik vroeg hem waarom hij haar eigenlijk niet langer wilde hebben, maar hij verzekerde mij dat ik de zaak verkeerd inzag. Niet hij, maar zij had tot die scheiding besloten. Of hij dan niet getracht had haar op dat besluit te doen terugkomen? Men neemt zo menig besluit.

Zeker. Hij had niets onbeproefd gelaten. Hij had het met smeken geprobeerd, met tranen, met een knieval. 'Ik een knieval, stel u voor,' herhaalde hij hoofdschuddend, als vond hij het ongehoord voor een man van zijn stand en lengte. Scheiden wil zij, weg van de Oostzee, weg van de welstand, weg van dat nette gezelschap en weer naar hier toe. Eindelijk had hij beseft dat niets zou baten en toen heeft hij het rampzalig besluit eens rustig met haar besproken. En hij moest ten slotte toegeven dat zij gelijk heeft want zij zijn antipoden. Zij voelt niets voor standsbejag terwijl hij tot elke prijs de ladder op wil, anders zou zijn diploma geen zin en zijn leven geen doel hebben. Proberen fortuin te maken is toch de eerste plicht van een man en vooral van een gezinshoofd. En de vrouw moet hem bijstaan door haar voorkomen, huishouding, kleding en woordenkeus voortdurend aan te passen naar gelang hij op de helling vordert. Een bokser heeft zijn verzorgers en een man van zaken zijn vrouw.

Maar zij wil die dingen niet inzien. Zo maakt zij weinig of geen onderscheid tussen mensen van zeer verschillend niveau en behandelt haar dienstmeisje Käte ongeveer op dezelfde manier als zij met Frau Kommerzienrat von Bielefeld doet. Met de meid gaat zij veel te familiaar om, beweert dat zij niet schuren kan, doet haar klompen aan en geeft zelf een demonstratie. En komt op dat moment Frau Kommerzien rat even aanlopen dan begroet zij die dame hartelijk, eigenlijk *te* hartelijk, maar met de bezem nog in de hand. Een uur later wordt dat in de grote patisserie van Danzig besproken en ten slotte komt het op zijn hoofd neer. Er komen wel eens mensen eten, want koken kan zij uitstekend, en dan plaatst zij de gasten om de tafel alsof er generlei verschil bestond tussen een consul, een officier, een rechter en een gewone klerk. Waar zij gaan zitten daar zitten zij goed. Als zij het zich maar laten smaken. De meid, die vrij goed geschoold was toen zij bij haar in dienst trad, vergeet nu meestal te kloppen voor zij binnenkomt, zingt luidop, fluit soms, ziet er bijna onfatsoenlijk uit van tevredenheid, want de losheid van Adele werkt aanstekelijk op iedereen en in de eerste plaats op het kind. Als het zo nog een tijdje moest duren dan werd zij in Danzig berucht, terwijl van zijn vrouw een neutrale distinctie dient uit te gaan. Zij maakt geen onderscheid tussen arm en rijk, tussen jood en christen, en zeer weinig tussen net en ordinair. Op de straat lacht zij om dingen die een dame niet eens wil zien, of zij rent dat kind na als een die zelf nog op de schoolbanken zit. En het ergst van al is wel dat zij nooit een voet in enige kerk zet en alleen kan hij ook niet gaan want dat zou nog meer opvallen. En de kerk speelt ginder nog een grote rol. Zij is niet absoluut ongenegen te gaan maar hij vertrouwt het niet want hij ziet in dat zij daar niet op haar plaats zou zijn en vreest opspraak. Hij wil dat zij paard rijdt met hem en die jongen, maar zij is op geen paard te krijgen, tenzij op een houten van een mallemolen.

'Een echte vrouw voor een barricade,' resumeerde hij. Hij heeft dat indertijd niet voorzien, want van zijn kant is het een impulsief huwelijk geweest. En nu stelt hij vast dat van aanpassen geen spraak is. Ja, hoe bitter het hem ook spijt, toch bewijst haar onverzettelijkheid hem een dienst. Het is vooral jammer dat zij ook in de kerk getrouwd zijn want dat is niet te ontbinden. En dan dat kind. Dat zou er beter niet geweest zijn.

'Ja. En hij ziet er verduiveld gezond uit,' heb ik gezegd. Hij heeft mij verzocht, Walter, je moeder op de hoogte te brengen, want om dat nu thuis nog eens over te vertellen. 'En tegenover uw vrouw voel ik mij week,' zegde hij. Aan u denkend had hij een paar hartelijke woorden.

Zo bij beetjes bereikten wij eindelijk de bus waarvan het gerammel verdere uiteenzettingen onmogelijk maakte. Ons café op het stationsplein heb ik links laten liggen want het zou de indruk hebben gemaakt alsof wij die scheiding met een biertje wilden bezegelen. Neen, het was ditmaal geen huwelijk. Na een licht maar smakelijk souper is hij nog dezelfde avond vertrokken want hij had ook in Keulen nog te doen.

Ik moet bekennen dat mijn gemoed vol kwam toen ik afscheid van hem nam zodat ik mij niet heb kunnen weerhouden hem op het perron een laatste maal aan het hart te drukken. En nu zit hij al thuis bij die twee.

Je moeder, die nog al zenuwachtig is, heb ik zo omzichtig mogelijk op de hoogte gebracht, maar die scheen er zich nog al in te schikken, leek mij niet eens zo héél verwonderd en vroeg mij ten slotte het enige dat ik niet wist, namelijk wat hij en zij besloten hadden met de Leeuwentemmer te doen.

'Waar in Godsnaam hebben jullie dan al die tijd over gepraat?' vroeg zij bijna achterdochtig.

Nu, over dat kind horen wij spoedig meer en ik ben er zeker van dat zijn moeder, bij iedere stap, in de eerste plaats aan hem zal denken, of toch minstens in de tweede plaats.

IV

Je zuster heeft geschreven. Haar man had haar verteld van onze wandeling, die op hem een gunstige indruk gemaakt heeft. Dat slaat dus op de wijze waarop ik geluisterd heb, want ik heb zo goed als niets gezegd omdat tegen zijn argumenten, die ook de hare zijn, nu eenmaal niets aan te voeren wás, behalve dan flauwiteiten. En daar leende het onderwerp zich niet toe. Het is maar goed dat hij mijn houding apprecieert want je weet nooit of iemand in een dergelijke situatie op het laatste ogenblik niet plotseling woest wordt. En als zij dan tóch willen scheiden dan rest mij niets anders dan hun mijn zegen te geven.

Uit haar brief blijkt dat zich moeilijkheden voordoen die zij niet verwacht had, maar mij verwondert dat niet want het rituaal van zulke eenvoudige zaken als geboren worden, trouwen, scheiden en sterven is in verschillende landen nog zeer verschillend. En in Danzig bestaat nu eenmaal geen mogelijkheid tot scheiden met onderling goedvinden. Het gaat niet, ook al werd door onze twee voltallige families een smeekschrift getekend. Een vordering is daar niet ontvankelijk tenzij gestaafd door een aanklacht van beide partijen of toch minstens van één. Maar waarover kan zij zich beklagen? Hier bij ons zou die monocle misschien de hoofdschotel kunnen zijn, maar ginder zeker niet. Integendeel, in een monocledragend land, zou dat glas zich tegen haar keren. En dat hij, in zijn haast om de sociale ladder op te klimmen, thuis wat heftig en kantoorachtig doet, zou vanwege de rechtbank slechts felicitaties uitlokken. Het paardrijden kan evenmin iets opleveren want waarom doet zij aan die cavalcades eigenlijk niet mede? En dat hij voor zijn zoon van een Engels pensionaat droomt, met uniform en dergelijke, bewijst slechts dat hij dat kind een fijne opvoeding wil geven en is óók geen argument tegen hem. Hij zou zich dus met een fictieve fout moeten beladen, met iets stevigs, iets dat de doorslag geeft. Bij voorbeeld dat hij met een andere vrouw scharrelt. Maar hoe zou dat bewezen kunnen worden, want een bekentenis is op zichzelf nog geen bewijs. Dan diende dat mens voorgebracht om haar schuld publiek te belijden. Een huren? Maar zo iemand vind je in Danzig niet want Danzig is geen Parijs. Trouwens, indien zulk gescharrel effectief was dan zou het ginder van algemene bekendheid zijn. Bovendien zou zij niet eens willen dat haar man daar als een clown stond, voor de gelegenheid met roet inge-smeerd. En hijzelf zou niet toestemmen, want was hij tot zoveel zelfverloochening in staat, dan had de scheidingsidee bij haar ook geen wortel geschoten. Zij zoeken dus radeloos naar enige standaard waar de rechtbank arm in arm achter-aan wil stappen. Eindelijk is zij dan tot de conclusie geko-men dat er niets anders op overschiet dan zelf de schuld op zich te nemen, indien zij tenminste blijft volharden in haar houding tegenover monocle, paardrijden, pensionaat en Frau Kommerzienrat. En dat doet zij.

Bennek heeft de zaak dan aan een advocaat in handen gegeven. Het zekerste, zegt die man van het vak, is, dat zij iets bekent omtrent een andere man. Het hoeft niet eens zo radicaal te zijn, een paar verholen zoentjes zijn ginder vol-doende en indien nodig vindt hij daar wel een partner voor. Maar zij vertrouwt het niet, vrezend dat die smoesjes tot een symbool zouden worden opgeblazen en zij denkt maar steeds aan dat kind. Hij heeft het dan zonder dat zoenen geprobeerd en toch een flink ontwerp voor een klacht opge-steld dat zij ons ter inzage heeft gezonden.

Het is een mooi brok, tot in de puntjes verzorgd en getui-gend van echt Duitse degelijkheid. Een slagschip is het. De zware stukken, die het moeten doen, zijn haar weigering om met haar man nog echtelijk verkeer te hebben en om nog meer kinderen te kweken. Beide euvelen zijn afzonderlijk vermeld, al zie ik er een pleonasme in. Van zijn kant ver-klaart haar man plechtig dat hij gesteld is op een talrijk kroost en het in geen geval bij die ene Leeuwentemmer wil laten.

Na een grondige inspectie hier ter plaatse heeft zij zich met de uitrusting akkoord verklaard en daarop heeft de 'Divorce' het Landesgericht van Danzig de volle laag ge-geven, nadat nog tussen hem en haar overeengekomen was dat het kind voorlopig bij zijn moeder blijft. Later, veel later, hoop ik, kan over zijn lot verder overleg worden gepleegd, maar op 't ogenblik zou de vader met die jongen geen raad weten, want als zij eenmaal weg zal zijn dan zit hij alleen. Zijn familie woont diep in 't binnenland van Polen, hij daarentegen aan de Oostzee. Naar kantoor kan hij hem niet meenemen en het woord pensionaat doet haar steigeren. Trouwens, zij wil van haar man weg maar niet van haar kind. Hij zal het ieder jaar een paar maal toegestuurd krijgen en kan er zich dan telkens een maand of zo in verlustigen, te voet of te paard.

V

Het is achter de rug, Walter, maar het moet hard geweest zijn. Ik vermoed dat het Landesgericht in Danzig weinig te doen heeft want bij dat eerste salvo is het opgeschrikt en heeft partijen onverwijld ontboden.

De rechtbank vond het een eigenaardig geval en heeft geprobeerd haar op die dubbele weigering te doen terugkomen, maar zij heeft haar besluit betekend door voortdurend het hoofd te schudden als een automaat. Of zij, van haar kant, dan geen grieven tegen hem had? Helemaal niets? Want de rechters hebben haar de pap in de mond gegeven. Neen, zij had hem niets te verwijten. Na enkele weken respijt werd een nieuwe charge gemaakt en zo tot viermaal toe. Eindelijk dan hebben die heren de knellende band hoofdschuddend doorgehakt. En nu is zij weer vrij. Zij draagt de schuld als hebbende zich verzet tegen verdere aankweek, maar toch krijgt zij voorlopig het kind omdat zulks vóór de scheiding was overeengekomen.

Zij heeft dan nog een aardig vrijgezelflatje voor hem gehuurd, want het echtelijk appartement was voor hem alleen te groot, en heeft dat eigenhandig ingericht, de gemeenschappelijke gordijnen aan de nieuwe vensters aangepast, voor stemmige lampekappen en smaakvol behang gezorgd, het nieuwe nestje grondig schoongemaakt en het dan gevuld met hun meubelen en bibelots. Alles perfect, om zo weinig mogelijk wroeging te hebben. Eindelijk heeft hij er dan plaats in genomen en toen is zij vertrokken, niets anders medenemend dan haar kleren en het kind.

Zo woont zij dan weer op de ouderlijke schuit en is opnieuw in ons gezin opgenomen. En ik moet zeggen dat zij met ons verduiveld op haar gemak is. Bij tijd en wijle maakt zij ruzie met je broers en zusters zoals alleen een gelijkgestelde zich dat permitteert, eist haar deel, helpt flink je moeder en is weer zo goed als onmisbaar. Met één woord, zij schijnt zich thuis te voelen, terwijl ik mij die wederaanpassing veel pijnlijker had voorgesteld. Immers, zij heeft zelf op een commandobrug gestaan en is nu weer eenvoudig matroos.

Ik begin in te zien, Walter, dat wij ons gezin slecht hebben opgevoed, te vrij, te warm, te innig en daardoor is zij bij die man slechts met vakantie geweest. Wij hebben niet geweten dat wij tijdig van jullie moesten vervreemden, gradueel, maar reeds beginnend in de kinderjaren. Dan zou het weinige dat een echtgenoot soms bieden kan allicht volstaan om het oude nest te doen vergeten terwijl ik nu vrees dat die kinderen nooit van ons loskomen en steeds met heimwee zullen rondlopen. Zij worden door ons niet afgestaan maar slechts uitgeleend.

Je moeder bezorgt haar extra bezigheid opdat zij vooral niet zou dubben, want al heeft zij ginder niets achtergelaten dat haar lokt, toch kan het niet anders of zij moet soms aan de Eenzame in zijn flatje denken. Gelukkig is hij niet weemoedig van aard en ik hoop maar dat hij afleiding vindt in zijn glazen kooi op kantoor en verder in vrienden, paardrijden en kerkelijkheid. En 's avonds, als hij alleen zit, kan hij over al die dingen zijn blik eens laten gaan.

Wij schrijven elkander geregeld, want hij schijnt met zijn

gewezen vrouw liever niet rechtstreeks te corresponderen. De scheiding is nog te vers en zijn ijdelheid zeker nog niet geheeld. Zonder van de liefde te spreken, want hij hield toch van haar, al was het dan op zijn manier. Hij vraagt alleen naar zijn kind, dat hij toch veel minder moet missen dan die vrouw, en zwijgt over haar zo opvallend dat ik nooit nalaat hem even te zeggen dat zij nog steeds schijnt te treuren en het hier maar niet gewoon kan worden. Want zo'n post-scriptum moet telkens voor hem als een boeket rozen zijn.

Wat Jantje betreft, die heeft bij zijn aankomst de grote kast, die hem als opslagplaats is afgestaan, tot op de bodem geledigd en de inhoud stuk voor stuk geïnspecteerd. Onder zijn bekende voorraad heeft hij een grote straatwals ontdekt die vader voor hem getimmerd heeft terwijl hijzelf aan de Oostzee zat, en die heeft hem met het ontbreken van een hoop kleingoed verzoend, want er moet af en toe geruimd worden, het kan niet anders. Hij heeft dat nieuwe bakbeest voor mij neergezet en mij zwijgend aangekeken tot ik einde-lijk verklaard heb dat deze speciale straatwals ook voor de stevigste locomotief een harde dobber zou zijn. Zo is het dan weer begonnen en ik geef je de verzekering dat die eerste dag een slachting heeft gezien waarbij die van het circus in Rome slechts kinderspel waren. Schrijf eens aan je moeder, Walter, dat zij vooral niet mag nalaten hem bij haar eerste bezoek aan Parijs nog eens mee te nemen, want een beetje rust zal mij niet schaden.

VI

Jan heeft veertien dagen in Polen doorgebracht. Wij waren overeengekomen dat zijn vader mij tot Keulen tegemoet zou reizen en daar heb ik hem zijn zoon ter hand gesteld.

Het is een onversaagde jongen, want toen hem gezegd werd dat hij voor een tijdje naar Polen moest heeft hij dadelijk zijn kartonnen valiesje uit zijn kast gehaald en het volgepropt met een deel van zijn rommel. Geen kik, geen traan, ook in de trein niet. Hij schijnt in te zien dat hij aan dat verblijf in Polen niet ontsnappen kán en onderneemt de tocht zo opgewekt als van enig kind verwacht kan worden. Hij heeft eerbied voor zijn lange vader en dat liniaal is nog niet uit zijn geheugen.

De reis interesseerde hem als altijd. Ratelende treinen uit de andere richting, het dansend vaatwerk in de restauratie-wagen, minstens zesmaal handen gaan wassen, rondlopen onder 't rijden zonder om te vallen, zoals het personeel dat kan.

Eindelijk Keulen. Nog een uurtje in de wachtzaal gezeten waar hij een laatste roze drankje door een rietje opgezogen heeft.

Zonder hem een formeel verbod op te leggen, heb ik hem de raad gegeven niet uit de school te praten, dus niet te veel van onze machines van de trein, straatwalsen, leeuwen en zonnesteken te vertellen, want voor oningewijden moet het iets van een samenzwering hebben.

'De leeuw misschien wel, maar niet van de paardestaart en de hand van vader,' heeft hij beloofd. Hij begrijpt dus net zo goed als ik dat vooral met het groteske moet opgepast worden. En dat hij beter doet niet te gewagen van de demo-craten die in ons circus de mindere rollen spelen.

'En natuurlijk niets vertellen van wat je soms in de tuin doet,' heb ik nog verzocht.

'Van mijn blote?' En hij proestte het uit zodat hij in zijn drankje bijna stikte.

Ja, het is hem toevertrouwd. Er inlopen doet hij niet maar ik vrees zijn roekeloosheid want hij krijgt soms een bevlieging om de helse machten te tarten.

'Wat ga je nu zeggen als je je Poolse grootmoeder terug-ziet? Bonjour grand'mère?' want ik zou willen dat hij bij zijn intrede een behoorlijke indruk maakte. Dan zien die mensen tenminste dat wij hier geen wilden zijn.

'Neen, pa, jij kent dat niet. Ik zeg niets maar ik zal haar hand kussen. Dat hebben zij graag. Deze, kijk.' En hij toonde zijn rechter.

Ik beweer dat die jongen zijn weg zal maken.

'In ieder geval,' heb ik nog gezegd, 'zijn en blijven wij de mannen van...'

'Ik weet het,' weerde hij af, want hij wil de naam van de Broederschap der Dorre Bladeren niet ijdel gebruiken.

Toen kwam zijn vader binnen. Groot, flink, reiskostuum en knap valies. Beslist geen kartonnen. Na een stevige handdruk heb ik hem voorgesteld mij eenvoudig papa te blijven noemen. En daarop heeft hij zijn zoon geïnspecteerd. Maar je begrijpt, Walter, dat die door de handen van zijn moeder en grootmoeder gegaan was en hij mocht dan ook gerust onder de loep. Hij heeft het kind discreet gezoend en hem iets in 't Pools gevraagd dat niet goed verstaan werd want mijn kameraad kreeg een kleur en keek mij aan. Maar ik ken geen Pools en kon hem niet helpen.

'Zij stelt het goed, maar niet gelukkig,' heb ik gefluisterd.

En daarop heb ik het kort gemaakt want ik vertrok liever zelf dan die verdomde jongen te moeten zien vertrekken. Ja, Walter, mijn hart was zwaar, dat moet ik toegeven.

Ik heb natuurlijk met zijn vader gecorrespondeerd opdat het contact niet verbroken zou worden en gevraagd of mijnheer zich netjes gedroeg, of hij braaf en gehoorzaam was, of hij iedereen nog kende, hoe zijn grootmoeder het stelde, hoe zijn ooms en tantes en hoe de meid, of hij ginder al naar de dierentuin was geweest. Nooit, Walter, heb ik zoveel brieven geschreven, nooit mijn pen zo gesmeerd, nooit mijn best zo gedaan om afkoeling te vermijden. Of het nu daaraan te danken is weet ik niet, maar de gijzelaar is na veertien dagen accuraat teruggebracht en in Keulen aan mij uitgeleverd met hetzelfde ceremonieel. Het heerschap was niet veranderd maar hij was zijn valiesje kwijt. Daarentegen had hij lederen handschoenen aan en droeg een wandelstokje. In 't bijzijn van zijn vader heb ik niets gevraagd, want men heeft mij geleerd dat zwijgen niet verbeterd kan worden.

'Ik zou wel willen dat hij Pools leerde,' zei Bennek. 'Vlaams heeft hij later niet nodig, Pools en Frans wel. Als u thuis eens wilt informeren, naar iemand van het consulaat bij voorbeeld. En wat zijn lichamelijke verzorging betreft verlaat ik mij op u, papa,' want hij stelt als een axioma dat ons kind op zulk een moeder geen staat meer kan maken.

'Wees gerust,' heb ik beloofd, want in geen geval wilde ik hem tegenspreken zolang wij het object ieder bij een hand beethadden. Integendeel, ik heb hem fijne sigaren gegeven. Tot hij dan eindelijk ingestapt is, want hij vertrok eerst. De jongen en ik hebben gewuifd tot er van 't hele gevaarte geen stip meer te zien was en toen pas hebben wij de trein opgezocht die naar het Westen gaat. Ik ontlastte hem van zijn wandelstokje en deed hem die knellende handschoenen uit, waarop hij een eerste maal zo geweldig zijn handen ging wassen dat mijn buurman er van opschrikte. Dan heb ik zwijgend de twee zakmessen van de Dorre Bladeren getoond en naar zijn valies gevraagd.

'Ik mocht het niet meenemen,' verklaarde hij laconiek. 'Zij vonden het niet mooi.'

'Was het een kartonnen?' vroeg hij een hele tijd later.

'Wat, Jan?'

'Mijn valies.'

'Neen,' verzekerde ik.

'Alleen maar een beetje stuk, niet waar, Pa? Van onder, aan de hoeken. Binnenin zat misschien een beetje karton, maar niet veel.'

'Ja, jongen, misschien wel. Binnenin vindt men dikwijls rare dingen.'

'Ja,' gaf hij toe, 'want thuis heb ik een tijger waar zand in zit.'

Ik heb een nieuw valies beloofd en hem een grenadine met een rietje doen voorzetten.

'Ik kan in 't Pools bidden, weet je?' waarschuwde Jan tussen twee teugjes.

'Vooruit er mee,' moedigde ik aan. En dadelijk rammelde hij in een razend tempo iets af dat de vader-ons moet zijn of een ander primair gebed.

Door een geweldige mimiek gaf ik uiting aan mijn bewondering.

'Dat moet je onthouden,' zei ik, 'dan ken je tenminste Pools.'

Ik gaf hem nu een sinaasappel die dadelijk zijn werk deed.

'En ik draag iets om mijn hals, weet je.' Dat 'weet je' klonk telkens als een uitdaging.

'Ja, Jan? Wie heeft je dat aangebonden?'

'Bapcia. Dat is mijn grootmoeder. Wil ik eens zeggen wat het is?'

'*Ik* zal het zeggen, Jan. Een scapulier is het. Dat is iets van Le Bon Dieu.'

Hij stond verstomd dat ik het wist, want het was ginder ver in Polen gebeurd.

'Hoe weet Pa dat?' vroeg hij achterdochtig.

Mijn prestige stond op het spel, dat was zeker.

'Ben ik dan niet van de Dorre Bladeren, Jan?' En ik keek hem zacht verwijtend aan tot hij de ogen neersloeg.

Ik begin in te zien dat ik met die bezoeken aan Polen zal af te rekenen hebben. En ik ben benieuwd of hij het zal bestaan het Opperwezen nog te gebruiken als tegenstander van de Zonnesteek.

Bij aankomst hebben wij onze klassieke taxi genomen, als kwamen wij doodeenvoudig van over de rivier. En ik had nog niet betaald of hij had al gebeld en was door zijn moeder opgevangen. Zij heeft achter zijn oren gekeken, haar hand door zijn haar laten gaan en hem dan omgedraaid om te zien of er soms aan de keerzijde niets schortte. Wat zijn grootmoeder betreft, die hield zich op het achterplan en keek niet naar haar kleinzoon maar wel naar haar eigen dochter, als om na te gaan of Adeles inspectie blijk gaf van voldoende onstuimigheid.

VII

Zij is dus hertrouwd, Walter. Je had natuurlijk van diverse zijden al een en ander gehoord, want het is in de praktijk niet mogelijk zo iets in stilte te voltrekken. Als haar man dat nu ginder ook maar wilde doen, want zo'n Eenzame kan gevaarlijk worden, als een uitgestoten ever. Ledigheid is immers des duivels oorkussen? En eenzaamheid kan niet veel beter zijn.

Ik geloof dat haar keus ditmaal gelukkiger is, althans beter harmoniërend, want zij hoeft nu niet meer te vrezen voor monocles of paardrijden en haar wenkbrauwen zijn gered. Trouwens, voor deze man ging zij misschien wél een paard op als het er op aan kwam. Het is Albert, die oude kennis van ons die het altijd met haar gehouden heeft maar die indertijd zeker te fier of te bedeesd was om zich op te dringen. En nu pas schijnt zij in hem ontdekt te hebben wat zij voorheen niet had gezien. Het is bij een toevallige ontmoeting zo plotseling losgebroken als een onweder in de tropen. Er was dan ook geen tegenhouden aan. Zij heeft trouwens geen raad gevraagd want zij weet vooruit dat het approbatur haar door ons niet onthouden wordt.

Wij hebben je niet doen overkomen omdat Parijs nog al ver is en er bij een tweede of derde huwelijk van 't zelfde kind geen ceremonieel te pas komt. Wij hadden dan nieuwe vrienden moeten vragen want de oude konden wel eens zeggen 'her-gefeliciteerd' en bij 't afscheid nemen 'tot de volgende maal'.

Wij hebben het dus verleden week buiten de stad in stilte afgewerkt en nu pas begint het bij druppels uit te lekken. Er zijn er nog steeds die het niet weten, zoals mijnheer De Kwaker die mij vanochtend staande hield om confidentieel te informeren of zij er zich een beetje in begon te schikken. Hij vroeg het uit louter belangstelling, niet in 't minst uit nieuwsgierigheid van zijn vrouw, verzekerde hij.

'Zij komt het stilaan te boven, bij beetjes,' heb ik gezegd.

Ja, hij begreep dat zulk een slag iemand voor een hele tijd verdoven moet, al had hijzelf gelukkig nooit een scheiding meegemaakt, want hij komt met zijn vrouw zo goed overeen dat zij al vier eigen huizen bezitten. Hij begreep dat het vooral erg moest zijn als er een kind is, want een alleenstaande vrouw krijgt soms nog eens een kans. En hij drukte mij deelnemend de hand. O ja, Walter, hij laat je groeten.

Hoe die nieuwe man het gelapt krijgt weet ik niet, maar zij ziet er verduiveld gelukkig uit en ik begin te geloven dat wij haar ditmaal voorgoed kwijt zijn. Zij zingt, lacht, maakt ruzie, geeft allerlei nieuwe geluiden en beweegt anders. Alles in orde, als het zo blijft duren.

Jan kan met zijn stiefvader goed opschieten en dat valt mee. Hij heeft enig ontzag voor dat zachte gemoed in dat stevige lichaam en wie hem respect kan afdwingen is gered. Albert zal dan ook spoedig tegen een paar van zijn voorvechters in 't krijt moeten.

Vader heeft zich meer dan wie ook om haar scheiding bekommerd, want dit is de eerste in zijn familie en hij vreest niet zozeer de materiële en sociale gevolgen als wel de complicaties hiernamaals. Toen hij van haar tweede huwelijk hoorde heeft hij dan ook het hoofd geschud want ook hij weet dat haar kerkelijk huwelijk met Bennek een band voor de eeuwigheid heeft gesmeed en vraagt zich zeker af hoe zij na haar dood met die twee mannen moet manoeuvreren.

Oom Karel schrikte wel even op, als bij 't afgaan van een vuurwapen, maar herstelde zich spoedig, drukte haar twee-

de man zo stevig de hand, alsof hij een nieuw verdrag beze-
gelde en scheen even later niet meer te weten of hij met
nummer een of twee in gesprek was.

Wat tante Sophie betreft, die moest gaan zitten toen ik
haar het nieuwe huwelijk kwam aanzeggen. Zij vroeg hoe,
waarom, met wie en sedert wanneer, spalkte de ogen open
en moest slikken om haar kwijl niet te laten ontsnappen.

Wij breken ons het hoofd met de vraag of wij de Eenzame
op de hoogte moeten brengen of niet. Zeggen of niet zeggen.
En de meningen zijn verdeeld. Oom Karel die, zoals je weet,
gewoon is alles te zeggen wat hij denkt, ook al blijft er naderhand niets over dan rokend puin, vindt dat ik hem van het
gebeurde kond moet doen. 'Vroeger of later,' zegt hij, 'verneemt hij het toch en dan zal hij appreciëren dat wij hem
tijdig rekenschap gegeven hebben.'

Je moeder is het niet eens met die geestdriftige decisie.
'Waarom dat nu reeds laten weten,' vraagt zij. In dat appreciëren heeft zij geen fiducie. Zij wil de dingen nog wat op
hun beloop laten, zonder in 't minst reeds aan een tweede
scheiding te denken. Wat mij betreft, ik zie op 't eerste zicht
niet in welk genoegen het hem doen zou, noch dat er voor
hem enige reden tot dankbaarheid jegens onze bende in
opgesloten zou kunnen liggen. Want wat anders zijn wij dan
een bende. Een gezin dat zich behoorlijk aangepast heeft
aan de algemeen gangbare Westeuropese moraal zou heel
anders gereageerd hebben toen zij voor 't eerst liet blijken
dat zij de heilige band van het huwelijk wilde verbreken.
Dat ik zo'n vrouw, die naar de dertig loopt, niet meer over
mijn knie kon leggen, hoeft geen betoog, maar wij hadden
haar ons verderfelijk galjoen kunnen ontzeggen, haar naar
Danzig kunnen trappen met verbod nog een voet bij ons aan
boord te zetten vóór zij tot inkeer zou gekomen zijn, haar
kunnen doen plaats nemen naast een ledepop met een monocle bij wijze van oefening. En na de wandeling naar die
sinistere zandplaat, toen hij mij alles verteld heeft, toen had

ik iets anders kunnen doen dan wat ik heb gedaan. Telefoneren, intimideren, terroriseren. Onder de hele bemanning van de Roomse galeien is er niemand die zo maar zijn goedkeuring zou hebben verleend. Dan had ik net zo goed geluk kunnen wensen. Maar dat is het juist. Wij behoren tot geen enkele rederij maar varen op eigen risico en dat heeft ook zijn schaduwzijde. Er is trouwens niet op terug te komen, want dood is dood. En mij dunkt dat hij nu, in zijn eenzaamheid, een onstuimig bericht als een bespotting zou kunnen aanvoelen. Gesteld dat ik hem telegrafeer. Dan ligt dat verzegelde bericht op hem te wachten bij zijn thuiskomst in dat keurige, maar verlaten nest. Lusteloos draait hij het licht aan, wordt het opeens gewaar en neemt het in de hand. Wat anders zou er dan, in zijn hart, kunnen instaan dan 'vergeef mij, keren terug, zal paardrijden, koop monocle'.

In een brief zou het iets beter gaan, maar voor een postscriptum is de gebeurtenis te belangrijk. Het zou te denken geven, het zou er uitzien alsof hier bij ons nog veel raardere dingen gebeuren. En toch is het moeilijk er een hele brief mee te vullen want ieder detail zou een gloeiende tang voor hem zijn. En in welke zin te schrijven? Ons verontschuldigen gaat niet want dat betekent schuld bekennen en wij voelen ons niet schuldig, wat nog niet zeggen wil dat wij het niet zijn. Haar afkeuren mag evenmin want hij zou onze tekst gebruiken als devies onder zijn blazoen. Neen, het is beter, reiner vooral, dat hij zo weinig mogelijk verneemt van haar doen en laten, maar des te meer van de Leeuwentemmer. Want dat hertrouwen is zo onstuimig in zijn werk gegaan dat het voor hem de weg zou banen tot allerlei onbehoorlijke veronderstellingen.

VIII

De Eenzame had mij verzocht zijn zoon mede te geven met mevrouw Landau die van hier uit voor een hele maand naar Polen ging en die ons het kind ook weer terug zou brengen. Op die manier kostte de reis ons niets, want hij is pas vijf en mag nog gratis mee. Ik was van mening dat wij niet mochten weigeren, niet alleen omdat het zijn hele Poolse familie genoegen zou doen maar omdat de Leeuwentemmer niet van zijn vader vervreemden mag. En vooral heb ik aan het oude 'oog om oog, tand om tand' gedacht, want als ons kamp zich weerbarstig toont dan hebben wij van hem niets beters te verwachten als het kind later in Polen mocht verblijven. Het egoïsme, die oerkracht, heeft dus de doorslag gegeven en Jan is met die Landau meegereisd. Behalve Pools kent zij Frans, Vlaams en Duits en zal zich onderweg met hem dus niet vervelen. Hij is uitgerust met een nieuw valies waar geen atoom karton aan te bekennen is en een even nieuw scapulier, want zijn eerste is zoek geraakt en ik stond er op dat hij ginder niet zonder talisman zou aankomen.

Pas toen hij gereed was dacht ik aan zijn Pools gebed dat hij hier, na zijn terugkeer, voor onze familieleden en vrienden opgezegd heeft tot allen verzadigd waren, waarna het stilaan in 't vergeetboek is geraakt. Hij heeft bereidwillig geprobeerd maar is halverwege op een hindernis gestuit die niet op te ruimen was. Mevrouw Landau kent Pools en zou dus hulp kunnen bieden maar het is, helaas, een jodin.

'Zal je grootmoeder Bapcia niet boos zijn als zij hoort dat je niet meer tot aan 't eind kan bidden?'

'Ja, héél boos,' meende hij. 'Maar Pa kent immers geen Pools?'

Volgens hem is mijn verantwoordelijkheid dus gedekt. 'Ik zal het niet *willen* opzeggen,' verklaarde hij even later.

Hij vindt dus beter koppigheid voor te wenden dan in

deze godsdienstige proef tekort te schieten. Beter een standje dan een verwijt dat, over zijn nietig persoontje heen, de hele bemanning van ons karveel treffen zou. Als die jongen geen minister wordt dan begrijp ik er niets van.

Ik heb hem dan naar de trein gebracht en pas afstand van hem gedaan nadat moeder Landau nog eens geconfirmeerd had dat zij precies over een maand terugkeert, dus de vierde Augustus. Afgesproken. En om haar nog vaster te binden heb ik haar een enorme doos pralines in de schoot gelegd.

'In ieder geval zijn en blijven wij de mannen van...'

'De Dorre Bladeren,' heeft hij ditmaal geantwoord.

En weg waren zij, mevrouw Landau en hij.

Zijn vader heeft enkele dagen later de goede ontvangst bericht, als van een collo, en daarop ben ik maar weer brieven gaan schrijven, zoetjes, zoetjes. En ik heb iedere week het kinderblad gezonden waarvan de prentjes nog al in zijn smaak vallen. En wij hebben gewacht, gewacht, want aan die ellendige maand juli wilde geen eind komen. Er werd hier weinig over hem gesproken, als durfde men niet, maar zijn moeder keek mij soms zo vreemd aan dat het mij hinderde.

'Over acht dagen is hij weer hier,' heb ik op 27 juli aan mijn vrouw gezegd. 'Maak je er geen feest van?'

'We zullen zien,' klonk het laconiek.

Mevrouw Landau heeft woord gehouden want zij is wel degelijk precies op tijd teruggekeerd, dus geen dag te vroeg, geen dag te laat. Op 4 augustus, 's avonds om acht uur, toen ik met je moeder, broers en zusters aan tafel zat, belde de telefoon. Tegen mijn gewoonte stond ik op, noemde mijn naam en vroeg met wie.

Het was mevrouw Landau die weten wilde hoe wij het hier stelden.

Het noemen van die naam deed allen zwijgen en bracht lepels en vorken tot rust zodat achter mijn rug een stilte inviel die mij verstijven deed.

Hoe wij het hier stellen? Was dat mens bezeten?

Ik zei dat allen hier gezond waren, want dat zijn zij, geloof ik, en vroeg hoe laat zij het kind brengen zou, waarop ik een zenuwachtig gesprek vernam in een taal die ik niet ken, zeker tussen haar en Landau zelf.

'Roep Jantje even aan de telefoon, mevrouw,' verzocht ik.

'Het kind is niet hier, mijnheer. Hij blijft nog een tijdje ginder. Zijn vader heeft mij beloofd dat hij u schrijven zal,' verklaarde zij eindelijk.

Lang mocht ik niet sprakeloos blijven anders belde zij af.

'Zo, hij blijft dus nog een tijdje ginder.'

Die herhaling was de eenvoudigste manier om het zwijgend gezelschap achter mijn rug op de hoogte te brengen.

'Maar hij had toch met mij afgesproken dat de jongen met u zou terugkomen?' drong ik even aan.

Het speet haar vreselijk maar zij kon het niet helpen. Zij heeft het kind niet en kan het dus niet geven. Natuurlijk niet, mevrouw. Zij had ginder gedaan wat zij kon, maar tevergeefs. Ik zal wel schrijven, had de Eenzame gezegd.

Ik heb haar bedankt zoals het hoort, ben weer bij de anderen gaan zitten en heb geprobeerd mijn pap te eten. Zij waren zo toegeeflijk niets te zeggen en mij niet aan te kijken. Pas toen mijn lepel op mijn bord tikte hebben zij zich gepermitteerd met eten door te gaan.

Je moeder heeft mij eerst een tijdje laten slikken en toen zij zag dat het tóch niet ging heeft zij gevraagd wie het nieuws aan Adele zou mededelen. Ik weet het niet, Walter, ik weet het niet.

Mijn straf is zwaar, maar ik heb zwaar misdaan jegens mijzelf. Ik heb mij aan dat kind vergooid, mijn knoken aan hem gewarmd, hem als scherm gebruikt tegen de grauwe verveling, van hem gegeten tot ik kotste en het evenwicht verloor. En dan het branden van die vernedering. De Een-

zame weet wat het voor mij zijn moet en doet het tóch. En ik
die dacht dat ik onaanvechtbaarder was dan de Godheid.

Ik had eenzaamheid nodig. Na een hoek van ons salon
geprobeerd te hebben ben ik zwaar beladen naar het stadspark gewandeld, naar het gebied van de Dorre Bladeren en
toen het donker werd ben ik op een bank gaan zitten. Ik
duizelde en wist niet wie ik eerst gehoor verlenen zou van die
om mij heen stonden. Ik sloeg een smekende blik op de
hoop, maar die kon geen woord uitbrengen. Het was de
smart die begon, met eenvoud en een diepe stem. Daarop
liet de schaamte haar gestotter horen en eindelijk werd alles
overstemd door het ijselijk gegil van de woede.

Noodlot, beproefde makker, ik groet u.

IX

Al ben ik het die 't hem geleverd heb, toch heeft zijn moeder
mij geen verwijt gegeven, als wist zij dat ik mijzelf tot bar-
stens toe had volgepompt.

In haar radeloosheid heeft zij dadelijk een bezoek gebracht aan de Landaus, want het bericht van zijn dood is
haar niet voldoende. Zij wil weten hoe hij gestorven is en
waar hij begraven zal worden. Maar dat mens kon haar
niets anders geven dan koekjes en veel had en was. Zij was
naar Warschau gereisd en in Posen slechts afgestapt om de
jongen tot bij zijn grootmoeder te brengen, die hem dankbaar in ontvangst genomen had. De Eenzame was nog in
Danzig en zou pas zaterdag overkomen. Zij had gezegd dat
zij Jantje op 3 augustus zou komen halen om die dag met
hem de avondtrein naar België te nemen. Een paar dagen
vooruit zou zij vanuit Warschau nog een briefkaart zenden
opdat men het kind reisvaardig maken zou. En dat had zij
gedaan. Toen zij zich aanbood was zijn vader aanwezig en
die had haar aan het verstand gebracht dat hij zijn zoon nog

enige tijd bij zich wilde houden en dat hij mij schrijven zou. Zij had zich de opmerking veroorloofd dat zij mij formeel beloofd had Jantje te zullen meebrengen, maar zijn vader had verklaard dat hij haar onthief van alle verantwoordelijkheid, zodat zij zonder de jongen maar met een gerust gemoed de terugreis ondernemen mocht. Het kind zelf had zij bij dat tweede bezoek niet te zien gekregen.

Meer was er uit mevrouw Landau niet te persen, want meer zat er blijkbaar niet in en na nog een kopje koffie kon zij gaan.

Ik vind dat zij afgetrokken is, voor zich uit staart en dikwijls een opgedrongen gezicht heeft. In haar angst draait zij om mij heen als een verkleumde satelliet, maar ik straal zelf geen warmte meer uit want in mijn buidel zit nog slechts wraaklust. Dat verlangen naar de dag der vergelding heeft echter een stuwende kracht die haar misschien toch ten goede zal komen. Maar hoe krijgen wij voeling met de vijand zolang wij hier voor anker liggen. En de Leeuwentemmer zelf dient gespaard. Immers, bij de minste onhandigheid is de Eenzame in staat hem uit te besteden in Oklahoma.

De vierde dag heeft mijn vrouw gevraagd waarom ik hem geen brief schreef, liever dan wakker te liggen en te kankeren. Zij vindt dat wij niets met zekerheid weten. Dat is waar, maar is het zo niet beter? Hij alleen, zegt zij, kan ons iets definitiefs mededelen. En ik heb de pen dan maar weer opgevat om hem kort en bondig te zeggen wat ons op het hart ligt.

Bennek. Het heeft ons verdriet gedaan dat je de jongen wederrechtelijk, en in strijd met onze formele afspraak, hebt achtergehouden. Dat bewijst dat je geen hart hebt. Ik verzoek je dringend mij te laten weten wanneer je hem zult terugzenden.

Bij het overlezen vind ik het een monster dat slechts onheil stichten kan. Iets om van te rillen. Een kind van de waarheid. Neen, er dient stroop aan toegevoegd, veel stroop, want dat is toch de goedkoopste en vaak de beste munitie.

Liefste Bennek is veel beter, want die naakte voornaam staat daar als de aanhef van een doodvonnis. *Teergeliefde* zou echter overdreven zijn, alsof er een adder in zat. En al ons *verdriet* moet opgeruimd worden, want het kon hem belust maken op nog meer, als een dier dat bloed heeft geproefd. *Genoegen* heeft het ons gedaan. Dus: *Het heeft ons veel genoegen gedaan dat je je zoon nog enige tijd wenst te houden.* Neen, die *zoon* is te bloedeigen en kon zijn vaderhart wel eens werkelijk doen ontbranden. *Ons kind* is beter, maar te collectief. Dus, *het kind,* dat geschikt is als zijnde neutraal. Die *enige tijd* is misschien te rekbaar. *Een tijdje* schijnt mij korter, al blijft het begrip tijd een gevaarlijk iets door zijn absolute onbepaaldheid. *Enkele weken* is beter. Maar waarom ons bij voorbaat neerleggen bij weken? Een jaar bestaat ook uit enkele weken. *Enkele dagen* is verkieslijker. Dus: *Dat je 't kind nog enkele dagen wenst te houden.* Nu dat hart. *Dat bewijst dat je geen hart hebt* is meer dan primitief. Als die *geen* er uit gaat is het precies andersom en veel geschikter. Dus: *dat bewijst tenminste dat je een hart hebt. Dringend* moet er ook uit, want dat is aanmatigend. Wij hebben op 't ogenblik niet te dringen maar met honig te werken. Dus: *Wees zo vriendelijk mij spoedig* — dat spoedig dringt ook, maar discreet — *te laten weten wanneer je hem naar Berlijn brengt.* Berlijn is voor hem zo ver niet als Keulen, minder vermoeiend, goedkoper ook. En ik ben bereid hem tot in die hoofdstad tegemoet te gaan, vooral omdat ik tóch vooruit weet dat hij helemaal niet komt. Maar hoe doelloos dan ook, toch moet mijn brief een prestatie zijn. Want op zichzelf geeft mijn lichtzinnige uitlevering van het kind mij zoveel stof tot klagen dat ik niet nog extra piekeren wil over een misbakken missive.

Er moet nu nog een slot aan gelijmd worden, een slagwoord, een kreet, iets dat gewisseld wordt onder medestanders. *In afwachting* is te gewoon. *Tot spoedig? Tot een dezer dagen?* Maar er staan al dagen in. *Ik trakteer?* Ja, waarom niet? Zo'n belofte kan geen kwaad. Het is alleen te onbepaald en hij kon wel champagne verwachten. *Ik trakteer met Frankfurter zuurkool* is uitstekend, als zijnde dampend en komiek. In zulk een schotel kan geen adder zitten. Iets om direct naar Berlijn voor te reizen. Eindelijk nog wat Belgische sigaren en even recapituleren:

Liefste Bennek. Het heeft ons veel genoegen gedaan dat je het kind nog enkele dagen wenst te houden. Dat bewijst tenminste dat je een hart hebt. Wees zo vriendelijk mij spoedig te laten weten wanneer je hem naar Berlijn brengt. Ik trakteer met heerlijke Frankfurter zuurkool en breng fijne Belgische sigaren voor je mee.

Ja, dat ziet er flink uit. Hartelijk en geestdriftig. Hij zal dadelijk zien dat ik in de verste verte geen kwaad vermoed. En het aanvoelen van mijn onschuld zal hem misschien ontwapenen, als de aanblik van een sluimerend kind. Ik heb het beest dan ook mijn zegen gegeven en het dan tegen hem opgejaagd. Als alles goed gaat krijgen wij over vier dagen antwoord en per telegram kan het overmorgen reeds.

X

Er is geen telegram gekomen, Walter, en een brief evenmin. Niet de geringste reactie uit Polen. Er moet dus opnieuw geschreven worden, maar ik wilde eerst nog even wachten want het was mogelijk dat hij en mijn brief nog tegenover elkander zaten en dat hij onder het staren van mijn basilisk toch nog bezwijken zou.

Je zuster is radeloos maar probeert zich goed te houden, want zo'n vrouw der smarten gaat spoedig vervelen en haar nieuwe varensgezel is toch ook een beetje voor zijn plezier getrouwd. Zij kropt dus zoveel mogelijk op en lost alles bij ons aan huis als zij de kans krijgt.

Met dat al begin ik te vrezen dat die Poolse struis mijn

fameuze brief zonder enig ongemak verteerd heeft. En toch behoren wij iets te vernemen omtrent zijn bedoelingen, want dat zijn toch geen manieren. Waar is het kind? Leeft het nog? Is het gezond? Komt het ooit terug?

Het kind is in Polen. Natuurlijk leeft het. Natuurlijk is het gezond. Natuurlijk komt het nooit meer terug, anders was het al hier geweest. Maar zij wil weten, want die onzekerheid foltert haar. En ikzelf vrees de zekerheid niet want die heb ik al. Dus eindelijk een tweede brief gezonden en ditmaal gezegd dat het mij verwonderde generlei antwoord op mijn eerste schrijven ontvangen te hebben, want dat is niet geheel onwaar en ik moest toch met iets beginnen. Dat ik hoop dat hij het goed stelt, al staat het vast dat zijn dood een eenvoudige en radicale oplossing zou zijn, en dat ook Jantje gezond is, want ik moet over dat kind spreken anders kon hij, bij wijze van antwoord, wel eens werkelijk zijn eigen temperatuur en bloeddruk opgeven. Dat ik gaarne zou vernemen wanneer de jongen terugkomt. Niet *of* hij terugkomt maar wanneer, want als hij wil toeslaan moet hij de beweegkracht uit zich zelf putten. En iedere zwakte aan onze kant zou hem sterker maken, het geringste spoor van ontbinding hem de moed geven die hij misschien nog niet heeft, die hij ook kan gehad hebben toen hij onze Landau alleen liet afreizen maar die intussen voor een deel ontsnapt kan zijn als stoom uit een ketel, want die hoge druk zoekt een uitweg. Dus *wanneer* hij terugkomt, want *dat* hij terugkomt spreekt toch vanzelf. Zat hij in andere klauwen, ja dán... Maar mijn mede-opvoeder, mijn Poolse vennoot zal ik maar zeggen, zou nooit zo iets in zijn monocle krijgen. Neen, in die boezem kiemt geen onkruid. Ik heb nog gezegd dat alles hier gereed is gemaakt voor een verblijf van de Leeuwentemmer aan zee, maar dat hij dan spoedig dient te komen anders is de beste tijd voorbij, want september staat voor de deur. Ja, ja, een zeetje in 't verschiet waar een kind zoveel deugd van heeft. Dan heb ik er nog een hoop groeten van mijn vrouw voor de Eenzame bijgevoegd, want het beeld van zo'n weer-loze, onschuldige grootmoeder kan niet anders dan sussend werken en opwekken tot edelmoedigheid. En tot slot een stevige handdruk van mij, ditmaal zonder enige zuurkool want die eerste ligt mij nog op de maag. Je ziet, Walter, hoe behoedzaam men met de pen moet omgaan. In een vlaag van geestdrift, in een onbeheerst moment heb ik hem die geurige portie gezonden en die staat daar nu zwart op wit. Eindelijk overgelezen, goedgekeurd en gepost.

En generlei antwoord ontvangen. Adele vermagert. Zij vraagt niet eens meer of er nog geen nieuws is, komt alleen maar even binnenlopen, zorgt dat ik haar gewaar word en gaat dan weer heen want zij weet dat ik haar het geringste bericht terstond zou opgeven als water aan een dorstige pelgrim. Haar vragen en zoenen kan ik missen want alles is sarrend, aan alles is de pest.

Stilzwijgendheid is een geweldig wapen, Walter, en zo-lang hij dat hanteert komen wij niet verder. Het verstijft onze hele bemanning en mijzelf is het te moede alsof onze boot in het hoge noorden in 't ijs zat. En toch dient gehan-deld. Robinson Crusoë, op zijn eiland, zat ook niet stil al was zijn toestand niet veel beter. Schrijven zal ik, heel Polen onder brieven bedelven, want onze manschap moet de illu-sie hebben dat de aanvoerder pal staat. Hoop, zoete hoop, sta hen bij in deze beproeving. Ik heb het dus met de groot-moeder in Posen geprobeerd. Een vrouw op jaren, zeker iets als je eigen moeder, Walter, maar van betere familie, die ik dan ook met 'zeer geachte mevrouw' te lijf ben gegaan. Ik dacht wel aan een handkus, maar die geeft men niet van op een afstand. Eerst de hoop uitgedrukt dat zij zo gezond is als een vis. Dadelijk die gezonde maar vulgaire vis in een sterke rots veranderd en dan die rots op haar beurt verpulverd want ik heb genoeg aan die zuurkool. Gezegd dat wij allen beseffen welke vreugd het voor haar geweest moet zijn haar geliefde kleinzoon weer te zien. Dat wij haar heil zouden benijden indien wij niet wisten dat een zelfde geluk ons een dezer weken te beurt zal vallen. Die weken toch maar weer in dagen veranderd. Dat alles voor zijn blijde intrede gereed is gemaakt en dat wij gaarne zouden vernemen wanneer hij terugkomt. Dan wat luchtigs, in het genre kwinkslag: of hij zijn valiesje al klaar heeft gezet, of zij geen last heeft van zijn leeuwen en machines van de trein. Pompoen, zonnesteek en opperwezen zorgvuldig doodgezwegen. Dat wij volkomen begrijpen dat Bennek het te druk heeft om ons te schrijven maar op haar rekenen om ons spoedig enig nieuws te zenden. Dat verdomde spoedig sluipt overal tussen door. Nieuws van de Leeuwentemmer, daar is het ons om te doen. Liefst de datum van zijn terugkeer, maar ook andere berichten zouden welkom zijn, al was het dan maar of zijn ontlasting gezond is. Bij herlezing die ontlasting geschrapt als ongeschikt voor export. Geëindigd met beleefde groeten die ik daarna in eerbiedige heb omgewerkt en met hartelijke dito van Adele, want kussen zouden sedert die scheiding als misplaatst kunnen afgewezen worden. Gezegend met een smakelijk hocus-pocus en op de post gedaan. Ik ben benieuwd of die grootmoeder zo stevig gepantserd is als de Eenzame zelf.

XI

Mijn brief moet op dat oudere lichaam als een purgatie gewerkt hebben want het heeft een lintworm van vier pagina's uitgeworpen. Afgezien van de inhoud is de komst van die brief op zichzelf al een soort overwinning want nu hebben wij tenminste voeling. De stank hindert mij niet. Alles is beter dan het niets dat er was.

De vrouw schrijft dat zij ons dankt voor de belangstelling in het kind dat in Polen aangekomen is, zegt zij. Ja mens, niet in Spanje, dat weten wij. Hij was een beetje verwilderd maar is nu weer braaf. Mijn vrouw mompelde iets van een liniaal. Bapcia vertelt dan verder hoe laat hij opstaat en hoe zijn dag ingedeeld is. Bij het ontwaken een eerste gebed, voor het ontbijt een tweede, na die boterham nummer drie, één voor en één na het middageten, één voor en één na zijn souper. En bij het slapen gaan, geknield voor zijn bed als een kleine Jezus, een algemene recapitulatie, plus dan het avondgebed als slotstuk. En iedere ondeugendheid wordt tegen extra-gebeden uitgewogen. Volgens Bapcia moet het resultaat schitterend zijn en reeds na de eerste maand was hij niet meer te herkennen. Dat 'eerste' klinkt onheilspellend, dunkt mij. Iedere morgen mag hij met haar mee naar de kerk waar hij veel bekijks heeft want hij is een van de jongste en knapste kerkgangers. Hij zit naast haar, helemaal vooraan, op een laag bidstoeltje dat zij speciaal voor hem heeft laten maken. Zij vindt dat hij een zuiver stemmetje heeft en als haar zoon het goedkeurt mag hij koorknaap worden, want het kind voelt zich aangetrokken tot God. Ja, dat weet ik, want het Opperwezen werd ook hier in zijn circus geregeld aan het werk gesteld. Hij geeft weer handkusjes dat het een aard heeft en had er haar trouwens, bij zijn intrede, ongevraagd een toegediend. Onze scheepsjongen heeft dus woord gehouden. En hij doet het niet alleen bij zijn Bapcia maar geeft er ook aan al haar vriendinnen. Als zij zich geregeld wassen is het zo heel erg niet. Zijn vorderingen in de Poolse taal zijn verbazend, zegt zij. Niet alleen draait hij zijn kerkelijke teksten meesterlijk af maar hij verstaat reeds bijna alles wat zij zegt. Nu ja, veel kan zo'n mens niet te zeggen hebben. En zij schijnt nog niet te bevroeden dat hij ook verstaat wat zij *niet* zegt. Over zijn eventuele terugkeer – daar heb je 't gedonder – kan zij ons niet inlichten want zij heeft geen bevoegdheid, maar zij zal de Eenzame verzoeken ons hieromtrent te berichten. Bij wijze van slot smeekt zij over ons allen Gods zegen af. In dank aangenomen, want ik vrees dat wij die best zullen kunnen gebruiken.

De missive is gelezen en herlezen en de meningen zijn alweer verdeeld. Oom Karel vindt het een gedistingeerde brief en ik moet toegeven dat het handschrift keurig en goed leesbaar is. Te goed leesbaar. Je moeder is van mening dat er weinig in staat, zeker omdat Bapcia over de hoofdzaak geen bek opendoet. Ikzelf vind het een brief, zonder meer. En Adele vindt niets, zegt tenminste niets maar is aan 't snikken gegaan. Als die zo doorgaat lost zij volkomen op. Verder afwachten, Walter, want voor iets anders deugen wij niet meer. De hele bemanning van onze 'Revolution' heeft scheurbuik.

En alsof hij wist dat wij op het grijpen liggen, heeft de Eenzame onverwacht een salvo gelost dat tellen kan. Want terwijl de afgang van Bapcia nog in onze kamer lag, kwam er een tweede brief waarin hij ons kond doet dat de Leeuwentemmer nooit meer terugkeert maar voorgoed in Polen blijft waar zijn moeder hem ieder jaar mag komen bezichtigen, onder voorwaarde dat zij Bennek vooruit van haar komst in kennis stelt. Hij handelt voor het welzijn van het kind, beweert hij, maar mij dunkt dat het veeleer zijn zaligheid bevorderen zal. Hij heeft vernomen dat Adele reeds hertrouwd is en dat werpt een nieuw licht op hun scheiding. Hij had geloofd in de strijdigheid van hun karakters die zij hem duidelijk had gemaakt met al de gevatheid van een eerste moralist. Haar voortvarendheid en ontembare wilskracht zijn hem nu echter duidelijk geworden en wij moeten begrijpen dat hij zijn enige zoon niet kan laten samen hokken met dat onstuimig koppel waarvan het mannetje voor die jongen een vreemdeling is en zijzelf een onwaardige moeder. Hij geeft er zich rekenschap van dat het mij verdriet zal doen maar het kan niet anders. Het kind heeft trouwens reeds herhaaldelijk de gunst afgesmeekt niet meer te worden teruggezonden. Als die ellendige renegaat ooit nog bij ons aan boord komt dan doe ik hem dadelijk in de boeien sluiten. De Eenzame zegt verder dat hij, sedert die

vrouw van hem verwijderd is, het geloof Goddank heeft
teruggevonden en nu zijn zoon voorgoed in Polen woont
voelt hij zich nog meer gesterkt. Geen verdere tegenspoed
kan hem nog deren. Voortaan zullen zij samen troost zoeken in de schoot der Heilige Kerk. Hij natuurlijk op een
grote en de Leeuwentemmer op het laag bidstoeltje dat hij
van zijn grootmoeder cadeau heeft gekregen.

XII

Het lezen van die brief door je zuster heb ik niet willen
bijwonen maar ik heb naderhand van je moeder gehoord
dat de tranenvloed normaal is geweest. Zij kan niet blijven
geven en heeft al zoveel gepresteerd dat zij spoedig helemaal
droog zal staan.

Spijt en wroeging beginnen nu door te breken. Wij hadden het kind de tweede maal niet mogen medegeven; wij
hadden moeten voorzien wat er gebeuren zou; wij hebben
roekeloos en onverantwoordelijk gehandeld; wij slaan een
belachelijk figuur want wij zijn er ingelopen als een muis in
de val.

Het is volkomen waar, maar niet alleen is het waar doch
voorbij en gedane zaken nemen immers geen keer. Wat
helpt ons klagen, wat ons roepen, wat ons vragen? Wat ik
bulder, wat ik zweer? De echo zendt mij alles weer. Waartoe
dan al dat gezanik? Muiterij aan boord is fataal en als zij zo
doorgaan, steek ik de lont in 't kruit, want al is hun meer-
voudsvorm respectueus, die *wij* dat ben ik.

Mij dunkt dat die nare brief niet onbeantwoord mag
blijven. Niet dat ik nog hoop dat hij tot inkeer komen zal,
vooral niet meer sedert hij het geloof heeft teruggevonden,
want dat moet hem nieuwe kracht geven, maar wij zullen
schrijven om de Eenzame te sussen, om te proberen hem in
slaap te wiegen, hem het heerlijke gevoel te geven dat wij

onze nederlaag als volkomen en definitief erkennen, om in Polen een sfeer te scheppen die gunstig is voor een strafexpeditie, want je weet nooit of wij later geen kans krijgen, als wij op adem zullen gekomen zijn.

Ik heb hem dus gezegd dat zijn besluit, zoals hij verwacht had, ons veel verdriet gedaan heeft. Daar hij echter verklaart voor het welzijn van het kind te handelen leggen wij ons bij zijn decisie neer, want die jongen is niet geboren om ons te vermaken en zijn toekomst is staatsbelang. Dat het mij verheugt te vernemen dat hij het geloof teruggevonden heeft. Daar zit trouwens enige waarheid in want ik weet hem liever met die compagnon dan volkomen verlaten. En was ik alleen, ik zou het misschien ook eens met het geloof proberen. Dat wij er op rekenen geregeld reportages van hem te ontvangen over de gezondheid, de vorderingen en over al het doen en laten van onze gewezen scheepsjongen. En dat wij toch nog de hoop koesteren hem met nieuwjaar voor een weekje in ons midden te zien.

Ik heb hier geen antwoord op verwacht en er is er dan ook geen gekomen. Over onze Leeuwentemmer is stilte gevallen. Hij is Polen ingegaan en er in verdwenen als in de onderwereld. En ik moet aan Orpheus denken, maar mij ontbreekt iets, anders ging ik in Posen, voor zijn deur, een lied zingen van leeuwen, straatwalsen en zonnesteken en van de Broederschap van de Mannen van de Dorre Bladeren. En dan de poort rammeien. Och, er zijn hier beneden al andere beproevingen doorstaan en ook deze zal wel slijten.

Maar makkelijk te verduwen is het toch niet. De smart gaat nog wel, maar die gekwetste hoogmoed. En voor het eerst begrijp ik de gekoloniseerde volken die moeten goedvinden dat wij in hun midden rondwandelen. Maar vooral Adele is te beklagen. Zij voelt geen drang tot heersen, haar hoogmoed is niet gekwetst, maar zij loopt krom. Krom, en stom, want als bij afspraak praten wij zo weinig mogelijk over haar verloren zoon.

Ik zend hem geregeld het geïllustreerd kinderblad dat hem bekend is, niet zozeer om het vermaak dat hij er aan hebben kan als wel omdat het hem fataal moet herinneren aan ons galjoen, waar nog steeds een kooi voor hem gereed is. Iedere week schrijf ik aan zijn vader en ook nu en dan aan zijn grootmoeder, vooral bij feestelijke gelegenheden. Mijn brieven aan deze laatste besluit ik met de naam van God, die aan de zoon met enig balsemend woord als heil, zegen, hoop of vertrouwen.

De Eenzame schijnt nu toch min of meer verzadigd, want af en toe, meestal om de maand, krijg ik een antwoordje. De Leeuwentemmer leeft nog en heeft nog steeds een goede pers. Hij gaat al naar een Fröbelschool. Voor koorknaap moet hij dan toch geen aanleg gehad hebben want dat is niet doorgegaan. Maar bidden kan hij niettemin als de beste en zo ontzettend vlug dat hij iedereen ten kampstrijd beroept. Zijn circusgewoonten zijn er dus nog niet helemaal uit.

En zo gaan de maanden voorbij. Met nieuwjaar mocht hij niet komen want hij moest mee naar de wintersport in de Karpaten. Met Pasen ook niet want zijn vader nam dan verlof om zelf van zijn kind ongebreideld te kunnen genieten. Of hij dan tenminste met de grote vakantie komen zou? De Eenzame kon ons onmogelijk zo lang vooruit iets beloven. Hij zou nog zien. Als wij allen goed leren en braaf zijn mag hij niet komen. En anders zeker niet.

Reeds werpt de tijd, die niets ontziet, een sluier over mijn verzwonden scheepsjongen en ik kan zijn gedaante niet meer oproepen. Hij had toch grijze ogen, is 't niet? En dat laatste mooie kostuum, was dat blauw?

Tot de meimaand haar intrede gedaan heeft, Walter, en met haar de eerste wolken die in de richting van 't Oösten gedreven zijn. Het gaat niet tussen Polen en Duitsland en Adele is niet gerust. Zij weet dat Danzig weer naar 't moederland verlangt en dat Polen het niet zal lossen. Dus zullen de Duitsers een hand toesteken, een zware hand, nog veel zwaarder dan die van vader. Ik heb dan ook dadelijk voorgesteld het kind hier in veiligheid te brengen maar de Eenzame wil niet. Hij is een Pool en onze Leeuwentemmer een Pooltje dat naast zijn vader pal moet staan.

Wij hebben dan in het vooronder een krijgsraad belegd, alles gewikt en gewogen, een begroting van de kosten gemaakt, discretie gezworen en Adele naar Polen gedelegeerd met een onbeperkte volmacht. Ons karveel wordt gekalfaat, geteerd en opgetuigd en in haar rug voelt zij de stevige steun van mijn bankrekening. Het is plotseling opgekomen en in een ogenblik was het ontwerp tot wet gemaakt.

Voor paspoort gezorgd, voor Duits, Pools en Danziger geld en daarop is zij gelaarsd en gespoord onze loopplank overgegaan. Toen zij voet aan wal zette werd haar nog een driedubbel hoezee nagezonden en bij wijze van antwoord heeft zij ons toegewuifd. Slagen of sneuvelen, anders rest haar niet. Ik had voorgesteld in een warenhuis een blikken revolver te kopen die zij, als het niet anders mocht gaan, de grootmoeder onder de neus kon houden. En op de thuisreis zou het speelgoed zijn voor de Leeuwentemmer. Maar zij is er niet op ingegaan. Zij heeft enige eerbied voor die oude vrouw en zal ter plaatse wel nagaan wat haar te doen staat. Zij wil vooral haar jongen terugzien, die bijna een jaar weg is, want breekt ginder oorlog uit dan zou het lang kunnen duren voor zij weer een kans krijgt en later zou hij haar misschien niet eens meer kennen. Bovendien is zij zwanger. Voor iemand die 't niet weet is er nog niets aan te zien, maar zij moet zich haasten. Want aan een Turkse trom zou de Eenzame, mede in naam van zijn teruggevonden geloof, zeker de deur wijzen.

XIII

Wij hebben natuurlijk wachten uitgezet, Walter, die voortdurend in de richting van 't oosten turen. Veel hoop hebben
wij niet want wij zien niet in hoe die alleenstaande vrouw
het zou kunnen winnen van de Eenzame die hard is als
graniet, van zijn moeder die wel oud wordt maar des te
sluwer en achterdochtiger moet zijn, die een hele reeks kin-
derbedden achter de rug heeft, een man onder de aarde
heeft zitten, een stoel in de kerk heeft staan en die zich door
het gesnotter van dat jonge wijf zeker niet zal laten vermurwen. Die geen duimbreed wijken zal als het gaat om een
kind dat precies op tijd ontsnapt is aan de verdachte prak-
tijken die aan boord van onze kaper hoogtij vieren.

Ten vijfden dage is dan een eerste brief ingelopen waarin
zij als volgt rapporteert:

'Ik ben gisteravond in Posen aangekomen. Daar Bennek
eens geschreven heeft dat de kleine al naar school gaat heb ik
vanochtend de wacht opgetrokken bij de enige school die
voor hem in die buurt in aanmerking kan komen, tot geen
enkel kind meer binnenkwam en de poort eindelijk gesloten
werd. Er was geen Jan te zien. Ik ben dan maar dadelijk
naar het hol van zijn grootmoeder getrokken en ontmoette
daar de meid die buitenkwam. Ist der Kleine hier? Ja, der
Kleine war da. Gebeld. Benneks moeder heeft mij open-
gedaan. Mager, iets vergeeld en geheel in 't zwart want zij
rouwt om haar man. Uit haar neus hingen twee watten
proppen, als snottebellen, want dat schijnt een nieuw pre-
ventief middel te zijn tegen besmetting. Zij trok ze er pas uit
toen ze mij herkende, spalkte de ogen open, loste een diep
"Mein Gott!" en maakte de deur open van een salon waar ik
absoluut niet wenste te zijn. Toen ik zei dat ik de kleine
wilde zien, was hij ziek. En ik moest oppassen want het
waren mazelen. Zij liet mij staan om ook voor mij van die
bellen te halen en zij was de salon nog niet uit of ik op zoek,

deur in, deur uit. Eindelijk, in het kleine achterkamertje dat zicht heeft op hun binnenplaats, de gordijnen toe tegen het licht, heb ik hem teruggevonden. Wat er eerst in mij is omgegaan kan ik niet schrijven. Hij is zo veranderd dat ik hem op straat niet zou herkend hebben. Zijn haar is kort geknipt en verdonkerd, zijn smoeltje schijnt mij tweemaal zo lang en nog half zo breed, zijn oren zijn groter en staan hem verder van het hoofd, zijn neus is scherper, zijn oogleden gezwollen en zijn neusgaten abnormaal klein. Met één woord, alles aan hem is veranderd. Vooral is hij vermagerd en gegroeid. Tevergeefs heb ik op dat gezicht iets van de vroegere Jan gezocht. Niets. Alleen heb ik tussen zijn ogen een klein kuiltje teruggevonden. Ik heb wel een uur lang niets kunnen zeggen. En hij keek schuw want hij dacht eerst dat ik een juffrouw was die hem Franse les kwam geven. Gelukkig was het er nog al donker en heb ik, na een vruchteloze strijd, mijn tranen vrijgelaten. In haar zwart kleed en met nieuwe bengelende watten in de neus, stond het predikend monster naast mij en wees met de vinger naar een van de heiligenbeelden die de wacht houden bij zijn bed. An das alles hast du allein Schuld. En dan kwam de vinger naar mij toe. Al is het misschien waar, toch heb ik haar gesmeekt mij alleen te laten want ik kon niet meer. Die kleine die mij zo vreemd voor kwam, die Poolse taal die hij spreekt op een zeurende toon, de tien ingelijste heiligen aan de wand en de drie die rond hem staan, zijn beleefdheid van "merci" en "s'il vous plait", zijn gehoorzaamheid die ik zo abnormaal vond, deden mij opeens begrijpen dat hij suf gezaagd is over Herr Jesus en zijn suite, dat men hem eindelijk klein gekregen heeft. Hij heeft een meester, als een hond, en daar hij verstandig is weet hij wat hij doen en laten moet. Hij wil met mij slechts mee naar België indien zijn vader het toelaat, anders durft hij niet. Vlaams kent hij helemaal niet meer. Het enige dat hij nog weet en zeggen kan is "de dorre bladeren". Verder geen woord. Frans spreekt hij nog, maar als een Pool. Ik ben om tien uur binnengekomen en het is nu zes en al die tijd heb ik van jullie allen moeten vertellen en weest zeker dat hij niets of niemand vergeten is. Hijzelf heeft mij een paar dingen verhaald waar ik niets meer van wist, tot ik dan weer aan de beurt ben gekomen. En opdat hij goed toegedekt zou blijven heb ik de deur op slot gedraaid en ben dan, geheel gekleed, bij hem in bed gekropen en zo zijn wij, precies zoals vijf jaar terug toen hij pas gebaard was, samen in slaap gevallen. Of hier gelegenheid tot logeren is weet ik niet, maar zij heeft mij niet uitgenodigd en ik ben dus naar een hotel gegaan. Hij moet nog wel een week in bed blijven, waarna ik zal zien of en hoe ik met hem de baan op geraak. En gaat het niet, dan blijf ik nog een tijdje hier. De oude vrouw heeft natuurlijk haar lastgever in Danzig dadelijk opgebeld en mijn gewezen mannetje zal zaterdag komen. Ik zou nog meer kunnen schrijven maar ik heb vreselijke hoofdpijn en ga naar bed want ik wil morgen weer vroeg op mijn post zijn.'

XIV

Er schijnt geen zegen op onze onderneming te rusten, maar gelukkig weet zij dat wij van niemand zegen te verwachten hebben. Die ontijdige mazelen moeten haar lelijk dwars zitten, al is het beter dan pest. En als het over zal zijn, want wat gaat er niet over, dan is er misschien weer iets anders. Ik ben op 't ogenblik geen toonbeeld van zelfvertrouwen en vecht tegen een aandrang om onze 'Revolution' te herdopen in 'Sainte Vierge'. Maar heeft Willem de Zwijger niet gezegd dat men ook zonder hoop ondernemen moet? Het enige dat nog verandering brengen kan is de nakende komst van de Eenzame, maar ik vrees juist dat die als een straatwals over haar heen zal gaan.

Haar tweede brief is niet bemoedigend want die verwenste zieke zal niet één week maar drie weken in zijn kamer moeten blijven. Zij zit de ganse dag bij dat bed en zijn beleefdheid is al geluwd want hij doet met haar weer net als vroeger, gehoorzaamt niet, althans niet terstond, piest in zijn pyjama als haar verhalen hem te hard doen lachen. Veel wateren is goed voor iemand die mazelen heeft, zegt zij. Hij lacht dan ook gemakkelijker dan de eerste dagen, toen hij nog geheel onder de narcose was van de sombere gedaante die hem voortdurend met God bedreigt. Want bij overtredingen zoals eten laten staan, roepen of in bed dansen komt dadelijk een heilige naar beneden om er kort spel mee te maken. Ja, ja, leert hij haar, God, of een andere, staat altijd achter je en ziet wat je doet, maar wij zien hem niet. Hij is volkomen op de hoogte met kerkelijke zaken, weet van mis, lof en communie, kust de hele dag zijn scapulier en gaat plotseling over tot het appel nominaal van zijn heilig vendel dat wel vijftien man sterk is.

Zijn vader is dan uit Danzig overgekomen. Hij waait als een wervelwind door de huizing, de handen in de broekzakken, in zijn rechter mondhoek een eeuwige sigaret die hij laat hangen terwijl hij telefoneert. En uit de neus van de oude vrouw puilen nog steeds die bellen. Van een monocle spreekt zij niet en daar zal ik dus nooit het fijne van weten. Voortdurend vliegt hij het huis in en uit, flapt de deuren dicht, laat zijn auto toeten. Hij negeert haar zoveel mogelijk en noemt haar mevrouw in plaats van haar een hartelijke pats te geven.

Toen zijn weekeind om was en hij weer naar Danzig moest, heeft hij gevraagd hoe lang mevrouw nog van plan was te blijven. Tot het kind genezen is, heeft ze gezegd, omdat zij weet dat men een kind met mazelen moeilijk van de moeder scheiden kan. Want, zei de Eenzame, zodra hij buiten mag moet hij met zijn grootmoeder naar Danzig komen waar de zeelucht hem goed zal doen. Zij heeft geantwoord dat zij zou medekomen om ginder dan te blijven tot haar geld op is. Zij wilde daar trouwens een bezoek brengen aan het Landesgericht-zaliger, aan Frau Kommerzienrat von Bielefeld en aan een paar andere dames die zij in Danzig gekend heeft. En zij denkt dat hij het slikt.

Daags na zijn vertrek is zij begonnen de oude vrouw met bloemen te bewerken. Iedere morgen een boeket, telkens iets mooier dan het vorige. En die stortvloed schijnt haar stilaan te bedwelmen want de betrekkingen zijn wel iets milder geworden.

En zo gaan de dagen voorbij. Tot wij vanochtend een brief ontvangen hebben waarin zij bericht dat het kind officieel genezen is. De watten neusbellen zijn dan ook opgeborgen, zijn kamer is gelucht en hijzelf heeft aan een bad moeten geloven. Morgen vroeg, om negen uur, gaat Bapcia even naar een notaris om iets te tekenen en om tien uur keert zij terug met een rijtuig waarin de Leeuwentemmer weer kennis zal maken met de buitenwereld. Zo met zijn drieën zal het een prettig tochtje zijn. Na de middag wordt dan afgereisd met bestemming naar Danzig, Eenzame, Landesgericht en Frau Kommerzienrat. Dus morgen vroeg een extra reuzenboeket, als om de genezing te vieren, en dan tussen negen en tien, of nooit. De kans is klein, zegt zij, en toch hindert haar reeds de gedachte aan de oude vrouw die, als zij slaagt, haar kleinzoon bij haar thuiskomst tevergeefs zal zoeken, die roepen zal zonder antwoord te krijgen, radeloos van angst haar zoon zal opbellen, de heiligen van de wand zal bidden en bovendien de huur van dat rijtuig zal moeten betalen. Zij vindt het beulenwerk, maar paling stropen vindt zij nog erger en dat heeft zij meer dan eens moeten doen.

XV

De volgende dag was de eerste zonder brief van haar. Wij hebben in spanning van uur tot uur gewacht, doch er kwam niets binnen. Maar even voor middernacht, toen wij nog steeds gedempt over haar praatten, werd er gebeld. En ik stond voor een boodschappertje dat amechtig deed, zijn sjako afnam en mij een telegram in de hand stopte. Fooi gegeven en het ding opengemaakt. Het kwam uit een onbekend gat uit Duitsland en luidde eenvoudig 'arriveren morgenavond negen uur'.

Je kan je voorstellen wat het geweest is, Walter. Daar wij niets anders in huis hadden, heb ik er een extra sterke grog opgezet en pas om twee uur zijn wij naar kooi gegaan als heel andere mensen. Toch hadden wij nog geen zekerheid want er kon nog allerlei gebeuren. En ik zag haar dan ook met dat kind over de Pommerse heide draven, nagezet door de Eenzame te paard, door de oude vrouw op een bezem en door het vendel van vijftien heiligen. Maar de hoop is een balsem, dat valt niet te ontkennen.

Daags nadien geen verder bericht en reeds om half negen heb ik post gevat op het perron, tot eindelijk de trein uit Keulen binnenreed en na een laatste krochen tot stilstand kwam. En uit het gewriemel zijn moeder en zoon werkelijk naar mij toegekomen, ieder met een rugzak en als trekkers verkleed.

'Wij zijn de mannen van?'

'De dorre bladeren,' lispelde hij en pakte eenvoudig mijn hand beet.

Wij zijn even aangelopen in de Paon Royal waar hij een eerste grenadine gekregen heeft. Het rietje voor het zuigen, dat de kelner vergeten had, heeft hijzelf van de toonbank gehaald, want hij wist ze nog staan.

Ik heb haar niet gevraagd hoe zij te werk is gegaan want dat verhaal is meer iets voor de huiselijke kring en die jongen hoeft niet te weten dat voor hem rooftochten worden ingericht.

Dan onze klassieke taxi in. Hij kende ons adres nog, maar sukkelde met het nummer. Na een geweldige krachtsinspanning werd het echter hortend uitgestoten.

Bij zijn intrede zijn rugzak weer aangebonden, want de romantiek is niet uit de wereld. Hij heeft dan een dempig moment beleefd, tot hij zich uit al die vangarmen heeft losgerukt om op zijn garage toe te vliegen die hij dadelijk geledigd heeft. Hij zat op handen en voeten, zijn bovenlijf in de kast en zijn pompoen er buiten. En de kleinere stukken vlogen ons om de oren tot hij die reusachtige straatwals te pakken kreeg die hij zo brutaal voor mijn voeten heeft neergesmakt dat ik een vinger heb opgestoken en met de heiligen gedreigd die ginder nog wel om zijn bed zullen staan en hangen.

'Ici ce n'est pas la Pologne,' heeft hij eenvoudig gezegd. En daar hij klaar was met zijn eigen kast heeft hij ook ons buffet opengemaakt, de kruik jenever beetgepakt en die vader zwijgend aangereikt. En op zijn versmald gelaat kwam een glimlach als van een die het allemaal begrijpt en die weer meedoet, de glimlach van een scheepsjongen van de 'Revolution'. Wij nemen nu weer de trams die de grootste omwegen maken, steken de rivier weer over als oude zeerobben en keren terug met de bus door de verlichte tunnel, zoals ik met zijn vader heb gedaan na ons bezoek aan die onheilspellende zandvlakte, waar soms een verlaten meeuw zit na te denken.

XVI

De Eenzame heeft ons getelegrafeerd dat zijn zoon door de moeder ontvoerd is, als wisten wij dat niet, en gevraagd waar hij zich bevindt. Ik dacht even aan Oklahoma, maar het tergen zit ons niet in 't bloed en ik heb eenvoudig geantwoord dat hij welvarend is. Waarlijk, ik zou hem willen troosten in zijn tegenspoed. Hadden wij maar een duplicaat van dat kind. Maar een man die mevrouw zegt tegen zijn gewezen bedgenoot kan van ons karveel geen tegemoetkoming aanvaarden. Hij is, net als wij, gedoemd te zinnen op vergelding. De wraak is een zoete maar vluchtige drank en voldaan ben ik niet. Is er echter wel iets op aarde dat blijvende voldoening geven kan? Toch zeker niet dat heilig vendel? Al moet ik toegeven dat ik het nog niet beproefd heb. Misschien iets voor mijn laatste dagen, als de nevel valt. Het is onzinnig, maar nu die jongen weer onder de zwarte vlag vaart verwijl ik meer bij de Eenzame en bij die oude vrouw dan bij ons aan boord. Neen, wij zijn geen kapers maar figuranten, geschikt voor het toneel maar niet voor de hoge zee, geen kerels uit één stuk die de gevelde tegenstander kunnen aanstaren tot ook de hoop in hem verwelkt. Want geen onzer kan deze overwinning beter dragen dan voorheen onze nederlaag. En toch mochten wij niet goedvinden dat onze scheepsjongen, die beloofde een echte zeebonk te zullen worden, in Polen vastgehouden werd als een levend attribuut van een schrikbewind, dat hij daar bepredikt en bewierookt werd tot volkomen onnozelheid. Want dan behoorde meteen onze schuit voor afbraak van de hand gedaan.

Welkom aan boord, Walter. Zoek maar even in 't kombuis, daar vind je nog wel iets. Je bent precies op tijd weer thuis want de verhongerde wolf is uit het woud gebroken en loopt het land af. Wat de andere sekten doen is hier niet bekend, doch de Christenheid zendt haar beste gebeden ten hemel en onze Paus wordt voortdurend buiten gebracht en dan weer binnen gedragen. Maar, hoog boven al dat gemompel uit, doet het Gouden Kalf, op zijn rots in de Noordzee, de hoorn schallen en roept zijn aandeelhouders ten strijde op. De eerste maten heeft Mars al gedanst en wel in Polen zoals je weet, en het zou dan ook best kunnen dat de Eenzame, die dan toch het geloof teruggevonden heeft, in het tijdig ontvoeren van zijn kind een vingerwijzing van God zal gaan zien.

Blijf voorlopig bij ons, kerel. Je bent hier betrekkelijk veilig en door onze patrijspoorten kan je af en toe een kijk nemen op het komend gedonder. En als het wraakroepend geweld, dat over Europa ontketend is bedaren zal, als de strijd tussen honger en overvloed zal uitgestreden zijn, als de bidders zullen zwijgen en de schaamte ontluiken zal, dan, zegt men, zal ons uit het oosten een nieuwe geest tegenwaaien, de lang verbeide geest van begrijpen en verbroedering. Dan zullen veel dingen mogelijk zijn en dan kan ook de Leeuwentemmer gerust worden toevertrouwd aan de Eenzame en aan de oude vrouw, want van haat, wraak en vergelding zal dan in het zand der aarde geen spoor meer te bekennen zijn. Zo tenminste luidt de Nieuwe Boodschap. In afwachting kan hij in ons tussendek Olympiades organiseren en een ruim gebruik maken van leeuwen, straatwalsen, machines van de trein, zonnesteken en opperwezens, plus dan die hinderlijke paardestaart en de eeuwige hand van vader.

Antwerpen, 1939

UIT HET LEVEN GEGREPEN

DE MAN ACHTER *Tsjip*

'Aan mijn kleinzoon Jan Maniewski' schreef Willem Elsschot (pseudoniem voor Alfons De Ridder) op de eerste
bladzijde van zijn boek *Tsjip*. Die opdracht was heel logisch,
want het boek is eigenlijk een liefdesverklaring aan zijn eerste kleinkind Jan, op 23 februari 1933 geboren uit het huwelijk van zijn dochter Adele De Ridder met de Pool Bennek
Maniewski.

Jan Maniewski, het model voor Tsjip, is nu gepensioneerd
arts in Antwerpen. Op zijn zestigste verjaardag werd hij
door het weekblad *Vrij Nederland* geïnterviewd over zijn grootvader, die zijn eerste levensjaren zo prachtig heeft opge-
kend in het tweeluik *Tsjip/De leeuwentemmer*. Jan Maniewski
las het boek toen hij zeventien was. 'Het was een schok, dat
wel. Maar ik heb het er met mijn grootvader nooit over gehad. Er werd bij ons niet over letterkunde gepraat. Voor ons
was hij niet Willem Elsschot, maar Pa. Elsschot had geloof
ik drie boeken in huis: de *Larousse Illustré*, het *Oude Testament*
en *Vanden Vos Reinaerde*. Hij las ontzettend veel, maar als hij
een boek uit had deed hij het van de hand. Hij bezat zelfs
zijn eigen werk niet. Als hij iemand *Het dwaallicht* cadeau wilde geven, kocht hij een exemplaar in de boekhandel.'

Elsschot was buitengewoon trots op zijn boek *Tsjip*, vooral
op het einde ervan 'omdat ik er werkelijk alles ingelegd heb
wat ik bezit. Als dàt niet goed is dan moet ik het opgeven,
want ik kan het niet beter.' Zo schreef hij op 8 maart 1934,
kort na de voltooiing van het boek, aan een collega. En hij
doelde daarbij speciaal op de volgende regels: 'Tsjip en ik
zijn gezworen kameraden. Samen zullen wij door dik en
dun gaan, ik voorop. En ieder krijgt zijn werk. Terwijl ik de
doornen kap kan hij de bloemen plukken. Langs de baan zal

ik hem onderrichten: dat hij veel doen moet van wat ik heb nagelaten en veel nalaten van wat ik heb gedaan; dat hij de gevulde hand moet afstoten; dat hij niet bukken mag voor 't geweld, juichen noch rouwen op bevel van de machthebbers. Dat hij moet opstappen met de verdrukte scharen om vorsten en groten tot brij te vertrappen.'

Die laatste zin liegt er niet om: kort hiervoor was in Duitsland zo'n machthebber aan het bewind gekomen.

Volgens Jan Maniewski koos Elsschot altijd blindelings de kant van de paria's, de verschoppelingen, de verliezers. Dat verklaart ook waarom hij zowel het gedicht over Marinus van der Lubbe (de metselaar die de Rijksdag in brand stak) als over Borms (een in 1946 gefusilleerde Vlaamse collaborateur) kon schrijven: 'Als humanist was hij tegen de doodstraf, punt uit! Juichen noch rouwen op het bevel van de machthebbers? Daar hoefde ik het werk van Elsschot niet voor te lezen. Het is de hele familie De Ridder met de paplepel ingegoten. Elsschot was zoiets als het opperhoofd van een Sioux-stam. De waarden die hij voorstond, gingen automatisch over op al zijn afstammelingen. Daar ben ik dankbaar voor, meer nog dan voor die 750 bladzijden van zijn *Verzameld werk* en meer nog dan voor het boek dat aan mij is opgedragen.'

De jaren dertig zijn voor Willem Elsschot (Antwerpen, 1882-1960) jaren van grote verandering. Hij begint voor zichzelf een reclamebureau, nadat hij vele jaren met compagnons zijn fortuin in zaken had gemaakt. Hij ziet zijn zes kinderen één voor één het huis verlaten en hij hervat zijn schrijverscarrière, die na de publicatie van *Lijmen* (1924) tot stilstand was gekomen.

Daarvoor had hij nog drie boeken geschreven: *Villa des Roses* (1913) over zijn verblijf in een Parijs familiepension, *Een ontgoocheling* (1920) over zijn mislukte middelbare schooljaren op het Antwerps Koninklijk Atheneum en *De verlossing*

(1921), een roman waarin een moord op een priester wordt beschreven, en dat in het overwegend katholieke Vlaanderen op de Index (de lijst van verboden boeken) was geplaatst. Alleen *Villa des Roses* was goed ontvangen en verkocht, maar door het uitbreken van de Eerste Wereldoorlog, een jaar na de publicatie, raakte Elsschots naam in vergetelheid. Het meesterwerk *Lijmen*, waarin hij zonder schroom zijn zwendelpraktijken met het 'Wereldtijdschrift' had opgetekend, kreeg al evenmin het succes dat Elsschot verdiende. Pas toen deze roman in 1932 een herdruk kreeg bij een Nederlandse uitgever en toen een jaar later het boek *Kaas* verscheen, was Elsschots naam opnieuw gevestigd. Het belangrijke literaire tijdschrift *Forum* haalde hem binnen als medewerker en publiceerde ook de prachtige verzen, zoals de moedergedichten en 'Het huwelijk', die Elsschot al meer dan twintig jaar in de la had liggen.

Na *Kaas* (1933), een roman die volgens Elsschot zelf eigenlijk over reclame gaat, volgden *Tsjip* (1934), *Pensioen* (1937), *Het been* (1938), het tweede deel van *Lijmen*, en *De leeuwentemmer* (1940), het vervolg op *Tsjip*. In 1942 en 1946 zouden de laatste romans verschijnen: *Het tankschip* en *Het dwaallicht*.

Ook internationaal ging het Elsschot voor de wind. Er kwamen vertalingen van zijn werk in het Deens, in het Tsjechisch en zelfs in het Duits. Dat laatste leverde een kleine rel op.

Op 5 maart 1936 schreef Elsschot aan zijn Duitse uitgever Holle & Co. Verlag in Berlijn:

'Mijnheeren,

Ik ontving Uw presentexemplaren van *Tsjip*. Zij hebben mij waarlijk genoegen gedaan want zij zien er keurig uit. Zelden kreeg ik zulk een smaakvol boek in handen. Des te spijtiger vind ik het dat de vertaling uitgevoerd werd door iemand die niet zeer goed Nederlands kent. [...] Wat ik echter volstrekt niet begrijp is het weglaten van een zin, zonder mij te raadplegen. Op de laatste pagina mis ik het volgende: "Dat hij moet opstappen met de verdrukte scharen om vorsten en groten tot brij te vertrappen". Ik verzoek u vriendelijk, maar dringend, mij hieromtrent per omgaande opheldering te verschaffen.'

Na enige tijd komt de reactie van de vertaalster. Zij heeft de zin weggelaten omdat zij hem 'niet bevorderlijk' vond. '"Niet bevorderlijk" is nog behoedzaam uitgedrukt, want naar mijn mening zou deze zin genoeg zijn om het boek te verbieden (ik weet van gevallen waarin boeken om onschuldiger opmerkingen verboden zijn), en met zo'n verbod zou noch de schrijver noch de uitgeverij gediend zijn. Want er wordt toch openlijk tot verzet opgeroepen in de woorden dat de scharen der onderdrukten de vorsten en groten der aarde tot brij moeten vertrappen. En die uitspraak staat ook nog niet onopvallend ergens in de tekst, maar wordt in zekere zin het kind als programma meegegeven op zijn weg.'

Elsschot weigert zelfcensuur toe te passen. Aan zijn Duitse uitgever schrijft hij: 'Om Uwe belangen niet te schaden zal ik mij niet tegen de verkoop van deze eerste uitgave verzetten. Maar alvorens tot een tweede druk over te gaan is het mijn formeel verlangen dat de tekst volledig, dus met de zin in kwestie, aan de censuur onderworpen wordt. Verzet die zich werkelijk tegen deze zin, alhoewel er juist in Duitsland geen regerende vorsten meer zijn, dan zal ik zien wat mij te doen staat. In ieder geval wens ik een volledige proef van *Tsjip* te ontvangen alvorens tot een tweede druk wordt overgegaan.'

Het is misschien maar goed dat het van een tweede druk nooit gekomen is.

Het is verleidelijk om Elsschots boeken als een reeks van au-
tobiografieën te lezen. Zelf heeft hij er ook alles aan gedaan
om dat beeld te bevestigen, met uitspraken als 'Ik kan nu
eenmaal niks verzinnen' en 'Ik heb alleen maar dagboeken
bijgehouden'. De werkelijkheid ligt anders. Elsschot had wel
degelijk de gave van de verbeelding. Maar de verbeelding zit
bij Elsschot in de stijl. Zo heeft hij in *De leeuwentemmer* twee
verhalen door elkaar gevlochten. De 'leeuwentemmer' is in
feite Elsschots jongste zoon Jan – dus niet Jan Maniewski
maar diens oom Jan (die om de verwarring te vergroten ook
in *Tsjip / De leeuwentemmer* voorkomt).

De leeuwentemmer is geschreven in de vorm van een brief
aan Walter, Elsschots oudste zoon die in Parijs zit. Uit de in
1993 verschenen editie van Elsschots *Brieven* blijkt dat het
origineel van die brief al uit 1921 dateert; Elsschot heeft die
brief vrijmoedig bewerkt tot het eerste hoofdstuk van *De
leeuwentemmer* en daarbij de uitspraken van zoon Jan (de leeuwentemmer) in de mond gelegd van kleinzoon Jan (Tsjip).

Vanaf het tweede hoofdstuk volgt Elsschot de gebeurte-
nissen uit het familiedrama tussen Adele en haar Poolse
echtgenoot op de voet, maar ook nu zet hij de werkelijkheid
enigszins naar zijn hand – zoals uit de *Brieven* valt op te maken.

Op 17 februari 1937 valt voor het eerst het woord 'scheiding' in een brief van Elsschot aan Adele, die juist in Danzig
is teruggekeerd na een verblijf van zes weken met haar
zoontje in Antwerpen. Hij geeft zijn dochter goede raad:
'Gij moet dat afhandelen als echte vrienden en wat gij omtrent het kind overeenkomt moet stipt en eerlijk worden na-
geleefd opdat geen van U beiden zich iets te verwijten zou
hebben.'

Ondertussen schakelt hij zijn vriend Georges de Bruyne
in, een Antwerps advocaat, het model voor Mijnheer Van

Schoonbeke in Elsschots werk. Deze stelt vast dat in Danzig Duits recht geldt en dat het huwelijk niet wegens 'onverenig-baarheid van karakter' ontbonden kan worden, zoals Adele gehoopt had.

Vervolgens lijkt Adele te willen ingaan op de suggestie van Benneks advocaat om de schuld van de scheiding op zich te nemen: 'Het zekerste, zegt die man van het vak, is, dat zij iets bekent omtrent een andere man.' (Zie hoofdstuk IV in *De leeuwentemmer*.)

Elsschot reageert furieus op dit voorstel: 'In geen geval moogt gij dat doen, want het gevolg zou zijn dat gij dan als 'indigne' beschouwd zoudt worden en dus zeker het kind tot zijn zesde jaar niet zoudt krijgen. [...] Want nooit zou zo'n kind toevertrouwd worden aan een moeder die zich slecht gedraagt. En dat zoudt gij gaan bekennen terwijl het niet waar is? Zijt gij stapelzot?' (Brief aan Adele van 10 mei 1937.)

Uiteindelijk bepaalt de rechtbank dat Adele het kind mag houden, grootbrengen tot zijn zesde jaar en het in september 1939 aan de vader moet teruggeven. Een paar keer per jaar moet Jan op vakantie naar Polen. Zielsgelukkig keert Adele terug in het ouderlijke nest, zoals Elsschot beschrijft in de hoofdstukken V en VI van het boek.

Na de zomervakantie van 1938 gaat het mis. Bennek laat per aangetekende brief weten dat hij zijn zoon niet naar Antwerpen laat terugkeren. In hoofdstuk IX van het boek geeft Elsschot college over hoe een brief aan Bennek te schrijven. In werkelijkheid verstuurde hij de volgende brief (in het Frans):

'Antwerpen, 7 september 1938
Mijn beste Bennek

Ik heb je aangetekende brief ontvangen. Het was vol-strekt onnodig hem aan te tekenen.

Door Tsjip met geweld vast te houden, dat wil zeggen tegen de overal erkende usance die wil dat een kind, zolang het niet naar school gaat, onder de hoede van zijn moeder blijft, begaat u een onwettige daad.

Wat ook de "kleinigheden" mogen zijn die u misschien hebt vernomen, weet dat ik achter de handelwijze van Adele sta en dat ik het volledig met haar eens ben. Ze is dol op haar zoon en heeft zich ten opzichte van het kind niets te verwijten. En u hebt niet het recht hem vast te houden ver van zijn moeder. U weet dat ik jegens u altijd zeer loyaal heb gehandeld. Altijd als u me om het kind hebt gevraagd, heb ik hem veilig en wel aan u overgedragen in Duitsland. Met Nieuwjaar, daarna met Pasen en nu weer, half juli. En wanneer hij zes jaar zal zijn en naar school moet, zal ik hem weer even loyaal aan u overdragen. U weet heel goed dat wij niet allemaal naar Polen kunnen komen om het kind daar te zien. Mijn vrouw, ik, al mijn zonen en dochters die allemaal van de jongen houden, zoals je heel goed weet. Je hoeft het hem zelf trouwens maar te vragen. Om nog maar te zwijgen van Adele die in deze hele zaak de hoofdpersoon is. Vergeet niet, Bennek, dat jij weliswaar houdt van je zoon, maar zijn moeder nog meer dan jij. Je weet best dat moederliefde het sterkste is van alle gevoelens en het meest achtenswaardige.

Ik heb veel financiële en emotionele offers gebracht om het je altijd naar de zin te maken en ik kan niet geloven dat je na rijp beraad mijn argumenten niet in aanmerking zult nemen.

Laat me dus weten wanneer je met Tsjip naar Keulen zult reizen en ik van mijn kant beloof je (en op míjn beloften kun je tenminste rekenen) dat ik hem naar je terug zal brengen wanneer je dat zult wensen. Dat is de enige oplossing waarvan niemand ooit spijt zal krijgen.

Je toegenegen

[Papa]'

In het boek doet Elsschot voorkomen dat Benneks gedrag ingegeven wordt door het nieuwe huwelijk dat Adele heeft gesloten. Uit de *Brieven* blijkt dat Adele een dochter heeft gebaard, zonder dat zij hertrouwd is. Als een echt stamhoofd kapittelt Elsschot haar hierom: 'Natuurlijk zou het beter zijn indien gij getrouwd waart. Dan heeft Bennek noch wie ook nog iets op uw "gedrag" aan te merken, terwijl gij nu zéér zwak staat.'

Op 11 oktober schrijft Elsschot aan een Nederlandse vriend: 'Mijn eerste kleinkind, waar ik het meest van houd, – Tsjip om hem bij zijn naam te noemen – zit al drie maanden in Polen. Begin juli had ik hem, voor de derde maal dit jaar naar Duitsland gebracht om een maand of zo bij zijn vader door te brengen. Die vader (waarvan mijn dochter gescheiden is) wil het kind nu niet meer teruggeven en heeft mij geschreven dat de jongen nooit meer naar België komt. Mijn dochter gaat over enkele weken naar Danzig om te proberen de hand op het kind te leggen. Ik geef haar een prima browning mee.'

In een brief van 7 november aan Adele maakt Elsschot duidelijk dat het hem ernst is 'om weder in 't bezit te geraken van den Tsjip'. Adele moet hem gaan 'pikken', Elsschot zal opdraaien voor alle kosten, ook die van advocaten. Nog één keer probeert hij Bennek te verzoenen met het voorstel de kleine Jan in ieder geval met de kerstdagen te laten komen. Als hij ook daarop niet ingaat, vertrekt Adele naar Polen, met broer Willem die arts is, in haar gevolg. De reis is geen succes. In de vrieskou van Polen wordt Willem ziek en blijkt het kind, ondanks allerlei schriftelijke suggesties uit Antwerpen, onvindbaar.

In *De leeuwentemmer* schrijft Elsschot niet over deze vergeefse reis. Maar wel over de tweede poging om Tsjip te schaken in het voorjaar van 1939, onder dreiging van een Duitse inval in Polen. Aanvankelijk zit het tegen. 'Gij hebt waarlijk tegenslag,' schrijft Elsschot op 26 mei aan Adele.

'Zonder die stomme mazelen was alles misschien al in orde geweest.'

Elsschot dringt wederom bij Adele aan om een advocaat te raadplegen en: 'Informeer ook naar het adres van een detective en ga die spreken. Zulks voor het geval dat gij niet met de kleine weg kunt. [...] Een kind zo tyrannizeren en verkwezelen, het roept wraak voor God.'

In volgende brieven gaat hij verder met regieaanwijzingen: 'Ik herhaal dat een kind met mazelen slechts 8 dagen moet binnen blijven, te rekenen van het begin der ziekte, vooral in de zomer. Heeft hij geen vlekken meer dan kunt gij er mee buiten. Is hij dus gekleed, dan trapt gij het er eenvoudig mee af en laat moeder M. roepen en tieren en doen wat zij wil. Telefoon kapot is nooit slecht, maar denk daar zelf eens over na. Komt er politie tussen dan zijt gij toch de moeder. [...] Ik raad u in ieder geval aan niet meer te wachten en van de *eerste* gunstige gelegenheid te profiteren. [...] Vliegmachine is uitstekend op voorwaarde dat gij direkt kunt vertrekken.'

Uit de laatste hoofdstukken van *De leeuwentemmer* kan men aflezen dat Adele's missie is geslaagd. Wat niet verteld wordt, is wat er daarna met Tsjip is gebeurd. Ook hier vertellen de *Brieven* het verhaal verder. En ook hier blijkt de dwingende invloed van het opperhoofd van de Sioux-stam.

Meteen na aankomst in Antwerpen werd Tsjip door Elsschots vrouw meegenomen naar Parijs, om daar een schuilplaats te vinden in het huis van haar zuster. Op 14 juni hervat Elsschot als vanouds zijn aanwijzingen:

'Hoofdzaak is dat de poort gesloten blijft. Een kind over de muur sleuren is nog niet zo gemakkelijk. Zeg hem maar dat als hij het minste ziet dat hij dan direkt moet afgelopen komen. En roepen. Voor een detective is het een gevaarlijk karwei waar straf op staat. En zelf zal Bennek het niet doen denk ik. Wel zou hij kunnen komen, vooral als hij vakantie heeft. Maar gij behoeft hem niet binnen te laten. Dus poort gesloten. Mocht de garde komen, dan zegt gij dat de kleine door zijn moeder aan u toevertrouwd is en dat gij hem niet geeft. Alleen Adele kan hem geven en dan nog slechts na een uitspraak van de rechtbank.'

Na de Duitse inval in Polen is voor Tsjip het gevaar geweken. En staat de poort van huize Elsschot wagenwijd open voor Poolse vluchtelingen, onder wie Bennek Maniewski.

Vic van de Reijt

Salamander Klassiek

Salamander

Een ontgoocheling zou ook wel 'Twee ontgoochelingen' kunnen heten: De Keizer ziet niet alleen zijn zoon mislukken op de middelbare school, hij is zelf ook een mislukking, want hij weet met zijn miserabele sigarenfabriekje maar net het hoofd boven water te houden. Als hij inziet dat de maatschappij het op de volgende generatie nog minder begrepen heeft dan op de zijne, sterft hij dan ook dubbel ontgoocheld. Ook de tranen die de zoon tenslotte uit de ogen van de moeder in de soep ziet vallen, zijn minder om zijn vader dan om hemzelf vergoten. Een hoogtepunt van grimmige zelfspot: in de jonge De Keizer is menig trekje van de in zijn jeugd niet bepaald veelbelovende De Ridder (Elsschot zelf dus) te herkennen.

Louis Paul Boon over *Het dwaallicht*: 'Elsschots verhaal laat u diep ontroerd achter. Ge hebt weer eens uzelf gezien, naakt en pover, ontdaan van leugens en bedrog en valse ijdelheid. En nochtans, de bladzijden herlezend, zult ge moeilijk de zin hervinden die uw wonden heeft aangeraakt; want het zijn niet de woorden, het is achter de woorden dat oprijst al wat Elsschot u, verzwegen, meegedeeld heeft. De mens staat er voor u als een mengsel dat goed wil zijn voor allen die hem omringen, en dit toch niet kan; dat, vervuld van mededogen, de anderen niet helpen mag, want hij heeft alleen de eigen strijd te aanvaarden, of ten onder te gaan. [...] Laarmans, de held uit Elsschots werk, weet dit; en al bloedt zijn hart, al weet hij met dat hart geen weg, hij schopt.'

Willem Elsschot *Lijmen/ Het been*

Lijmen en *Het been* behoren tot de essentiële boeken van de Nederlandse literatuur – en bovendien tot de geestigste boeken die er ooit zijn geschreven.

'Nu ja, lijmen. De mensen en dan doen tekenen. En als zij getekend hebben, krijgen zij het ook werkelijk thuis.' Met deze cryptische zin probeert Boorman, de hoofdpersoon uit *Lijmen/Het been*, zijn nieuw geworven assistent in het vak in te wijden dat hij bij uitstek beheerst: lijmen. Boorman heeft Laarmans van straat opgepikt, hem zijn pijp laten vermorzelen en hem zijn flaphoed ontnomen en maakt hem van de ene op de andere dag medeplichtig aan zijn *Wereldtijdschrift*. Een tijdschrift dat in hoge oplages speciaal wordt geschreven en gedrukt voor maar één afnemer. Het blad heeft geen abonnees, geen losse verkoop, alleen maar incidentele cliënten. Als die een nummer hebben besteld zullen zij niet gauw nog een keer een bestelling plaatsen. Daarom moeten er steeds nieuwe klanten worden 'gelijmd'. Elsschot weet een overtuigende werkelijkheid neer te zetten die even absurd is als vermakelijk.